브랜뉴 스위밍클럽

브랜뉴
스위밍클럽

장상미 연작소설

싱긋

차례

브랜뉴 스위밍클럽 · 007

우리와 함께하시겠습니까 · 091

남의 사랑 · 163

작가의 말 · 248

브랜뉴 스위밍클럽

'경 브랜뉴 스위밍클럽 개장 축'

삼례가 사는 아파트에서 15분 정도 걸어오면 동네에서 가장 구석진 곳에 있는 건물 가장 위에 그렇게 쓰여 있었다. 삼례는 이름만 봐서는 뭘 하는 곳인지 전혀 몰랐다. 사람들이 수영장이라고 부르니 수영장인 줄 알았다. 요즘은 죄다 이름을 왜 영어로 짓는 건지 이해가 안 갔다. 지난주에는 동생네가 이사했다고 해서 찾아가려고 했더니만 아파트 이름이 어찌나 긴지 큰맘 먹고 탄 택시의 아들뻘 되는 기사도 이름으로는 찾아갈 수 없다며 주소를 알려달라고 했다. 손녀 이영에게 물어보니 '스위밍'이 수영이라는 뜻이고 '클럽'은 운동하는 곳을 그렇게 말한다고 했다. 그럼 '브랜뉴'는 뭐냐고 물었더니 '새로운 것'을 그렇게 부른단다. 새로운 수영장. 건물 앞에 서지 영어로 적힌 긴판이 눈에 띄있다. 간판은 쳐다보려면 고개가 거의 뒤로 꺾일 만큼 높았다. 뭐가 얼마나 새로운지 이름 한번 요란하다고 생각하며 삼례는 락스향이 가득한 건물 안으로 들어섰다.

 이 동네 노인의 절반이 다닌다는 이영의 말이 거짓이 아니었는지 로비 안은 노인들로 바글바글했다. 하나같이 한 손에는 목욕 바구니나 이영이 삼례에게 챙겨준 것처럼 겉이 반들반들한 재질의 수영가방을 손에 들고 있었다. 대충 살펴본 삼례는 일흔여섯 먹은 자신이 젊은 편이어서 놀랐다. 국민학교 동창회에 갔을 때 남자 동창생이 우스갯소리로 인생은 일흔부터라고 했던 것이 떠올랐다. 주책맞다고 핀잔을 줬었는데. 그 말이 진짜일지도 모른다는 생각이 들었다. 삼례는 이곳에서 나이순으로 줄을 세운다면 아마 선두보다는 말미에 있을 확률이 높았다. 삼례의 앞에 서 있던 여자와 눈이 마주쳤다. 어색하게 웃으며 서로 고개를 숙였다.

"이게 줄인가요?"

"네, 그런가봐요."

남자, 여자. 건물에 들어서자마자 보일 만큼 커다란 팻말이 탈의실 입구에 매달려 있었다. 단순하게 두 줄로 나누어 선 사람들 뒤로 삼례도 조심스레 줄을 섰다. 줄을 서고 나니 벽면에 붙어 있는 안내 사항이 눈에 보였다. 실버클럽 한정 수강료 5만 원. 이용 가능 시간 6:00~15:00. 실버 제외 성인 20만 원. 이용 가능 시간 17:00~22:00. 미취학 아동 및 초, 중, 고 입장 불가. 월요일~일요일(연중무휴). 모든 입장은 등록 시간에만 가능. 재등록 기간 매달 20일~25일. 기한 내 미등록 시 재추첨 신청.

삼례는 정확히 5만 원이라고 적힌 가격을 보고 안심했다. 가끔 이영이 물건의 가격을 싸게 속이는 경우가 있었다. 그럴 때마다 이영은 할머니가 하도 뭐라고 하니까 그런 거 아니냐며 툴툴거렸다. 삼례는 목욕탕의 목욕권을 생각하면 씻고만 가도 본전이라고 생각했다. 집에서는 보일러값이 아까워 웬만하면 찬물로 샤워했다. 일단 한 달을 등록해놨으니 그동안은 뜨거운 물로 샤워라도 실컷 해야겠다고 생각하며 들고 온 가방을 반대 손에 옮겨 쥐었다. 다들 처음 온 건지 아니면 원래 분위기가 그런 건지는 몰라도 입장을 기다리는 인원에 비해 로비는 조용한 편이었다. 드문드문 알은체하는 사람들은 조용히 눈인사만 나눌 뿐, 목소리를 내어 대화하는 사람은 많지 않았다. 그렇게 줄을 선 지 5분이 지났을 때, 묘한 축축함이 가득한 건물 안에 뾰로롱— 뾰로롱— 뾰로롱— 하고 알 수 없는 소리가 울려퍼졌다. 한쪽 벽면에 크게 띄워놓은 전자시계에 적힌 시간이 5시 40분이었다.

관리실에서 나타난 직원들이 줄 선 사람들 앞에 섰다. 한 사람씩 차례로 지나가며 본인 확인을 했다. 샤워기 머리통처럼 생긴 이상한 기계로 사진을 찍고 신청 목록에 있는 명단에 이름과 주민등록증을 확인했다. 이영이 전날 밤 첫날에는 신분증이 꼭 필요하다고 했던 게 저것 때문이었다. 확인이 끝나자 샤워기 머리통을 든 직원 옆에 서 있던 또다른 직원이 들고 있던 네모난 상자에서 은빛 구슬이 달린 팔찌가 나왔다. 회원증이라고 했다. 유효기간은 등록기간인 한 달이라는 설명을 덧붙였다. 내일부터는 이걸로 찍고 들어가시면 돼요. 설명도 덧붙였다. 사람들은 팔찌와 휴대폰을 교환했다. 휴대폰은 수영장에서 나올 때 찾을 수 있다고 했다. 삼례는 팔찌가 상자에서 자동으로 나오는 것도 신기했고 샤워기 모양 카메라도 신기했는데 무엇보다 신기한 건 그 이상한 기계들을 자연스럽게 사용하는 사람들이 삼례와 비슷한 노인들이었다.

머리는 하얗게 셌고 팔찌를 건네는 손에는 세월이 주름졌다. 아무리 봐도 노인들이었다. 이 나이에 어디 가서 일을 구하기가 쉽지 않다는 건 삼례도 잘 알았다. 소일거리라도 해보려고 여기저기 물어봤지만, 주방에서 설거지하는 것도 50대까지만 가능하다고 했다. 저 사람들은 어떻게 저런 일을 하게 됐을까. 몇 살이나 먹었을까. 그 많은 사람에게 한 명, 한 명 친절하게 설명해주는 직원들을 보며 삼례는 내내 그런 생각만 했다. 삼례 차례가 되자 직원들은 앞서 물었던 것들을 똑같이 확인했다.

"성함이 어떻게 되시죠?"

"여삼례입니다."

"여기 한번 쳐다보시고 신분증도 보여주세요."

팡— 하고 플래시가 터진 뒤 10초도 지나지 않아 삼례의 손에 은빛 팔찌가 들렸다. 다른 사람들처럼 주머니에 있던 휴대폰도 제출했다.

"다른 전자기기 없으시죠?"

"네, 없습니다."

팔찌는 이번달 말에 반납해야 한다는 설명을 덧붙인 직원에게 알겠다고 대답한 삼례는 손목에 팔찌를 끼웠다. 탈의실 바로 앞에는 지하철 개찰구같이 생긴 기계가 있었다. 커다란 화살표 위에 이렇게 적혀 있었다. 이곳에 구슬을 가져다대세요. 큼직큼직한 글씨 덕분에 모른 척하고 지나가려야 지나갈 수 없었다. 삼례 역시 다른 사람들처럼 백 원짜리 동전만한 크기의 구슬이 달린 얇은 은빛 실팔찌를 초록빛이 나는 동그란 고리에 가져다댔다. 조금 전 샤워기 모양 카메라로 찍은 삼례의 얼굴과 이름이 화면에 떴다. 여*례. '일치'라는 문구와 함께 닫혀 있던 투명한 문이 활짝 열렸다. 삼례는 다시 한번 참 요란한 수영장이라고 생각했다.

수영장 안은 흔히 다니는 목욕탕과 크게 다르지 않

았다. 다만 로비에서와 비슷하게 글씨가 모두 큼지막하게 적혀 있어 헤맬 일이 없었다. 곳곳에 달린 전광판에는 글자가 흐르고 있었다. 비어 있는 칸은 아무 곳이나 사용이 가능합니다. 비어 있는 칸은 아무 곳이나 사용이 가능합니다. 돌고래 모양은 비어 있는 칸. 돌고래 모양은 비어 있는 칸. 파도 모양은 사용중. 파도 모양은 사용중. 같은 문장들이 연속적으로 또 반복적으로 흘러가고 있었다. 삼례도 비어 있는 칸을 찾아서 옷을 벗느라 분주한 사람들 사이로 걸어나갔다.

돌고래 모양은 비어 있는 칸……, 삼례는 입으로 중얼거리며 돌고래를 찾아 헤맸다. 어렵지는 않았다. 옷장 문마다 커다란 모니터가 달려 있었다. 돌고래가 물속으로 풍덩 들어갔다 위로 호선을 그리며 뛰어올랐다. 삼례는 로커 문을 열어야 한다는 생각을 잊어버리고 열심히 유영하는 돌고래를 한참 쳐다봤다. 투명한 바다를 헤엄치던 돌고래 위로 글씨가 지나갔다. 탈의실에서 수영복을 갈아입지 마세요. 왼쪽 모서리 초록빛 고리에 팔찌를 가져다대세요. 안내문에 따라 팔찌를 가져다댔다. 철썩— 파도가 이는 소리와 함께 로커

문이 열렸다. 그제야 삼례는 본인이 이곳에 왜 왔는지 떠올렸다. 지난가을 손주들이 생일 선물로 사준 얇은 점퍼부터 시작해서 속옷까지, 입고 온 옷가지를 하나둘 벗어 사물함에 고이 접어넣었다.

 탈의실 안은 전부 노인이었다. 고개를 돌리는 곳마다 살이 축축 늘어지고 얼굴과 몸 곳곳에 주름이 졌다. 머리는 절반이 하얗게 셌다. 그렇지 않은 사람들은 잦은 염색으로 인해 머리카락이 눈에 띌 정도로 얇거나 정수리가 훤했다. 서늘해진 살갗을 쓰다듬으며 삼례는 로커 문을 닫았다. 파도가 넘실거리는 화면에는 '잠겼습니다'라는 말이 큰 글씨로 반짝였다. 파도 위로 삼례의 얼굴이 비쳤다. 마른 몸이었지만 살가죽은 늘어졌다. 풍성했던 머리숱은 사라진 지 오래였다. 반질반질한 이마와 두피의 경계가 모호했다. 곧 삼례의 얼굴 위로 숫자가 반짝거렸다. 382번. 화면에 뜬 번호가 손목에 구슬에도 표시되었다. 그사이에 글씨가 새겨진 구슬이 신기한 삼례는 마른 팔목을 요리조리 돌려보았다.

맨몸으로 이영이 챙겨준 가방만 손에 들었다. 내려놓았던 가방을 들어올리느라 시선은 자연스레 바닥을 향했다. 커다란 파란색 화살표 표시가 있었다. 샤워실 가는 길. 삼례는 바닥만 보고 파란 화살표를 따라 걸었다. 모든 게 큼직큼직한 게 마음에 들었다. 뿌연 김으로 가득찬 샤워실 문앞에 도착했을 때, 문앞에도 커다란 글씨가 쓰여 있었다. 수영장 입장 전에는 몸을 깨끗이 씻어주세요. 양치 필수.

샤워실에 들어가자마자 삼례는 다른 사람들도 본인과 비슷한 생각을 하고 왔다고 생각했다. 얼마나 따뜻한 물로 씻으면 이렇게 앞이 안 보일 정도로 뿌예질 수가 있는 건지 궁금했다. 어디에 사람이 있는지 구별이 되지 않았다. 삼례가 본 샤워실은 예전에 고향에 가는 시외버스를 탔을 때 들렀던 휴게소 화장실처럼 생겼다. 어마어마하게 큰데다가 칸은 어디가 끝인지 보이지 않았다. 어떻게 빈자리를 찾아야 할지 난감해하는 그때 바닥에 불빛이 보였다. 돌고래 모양은 비어 있는 칸. 파도 모양은 사용중. 길게 이어져 있는 샤워실 한 번, 파도가 넘실거리는 바닥 한 번을 번갈아 보다 삼례는 조심스레 발걸음을 옮기며 돌고래를 찾아다녔다.

꽤 많이 걸었다. 드디어 헤엄치는 돌고래를 찾은 삼례는 샤워 칸 안으로 들어갔다. 좁게 쓰면 세 명 정도는 거뜬히 들어갈 만한 넉넉한 사이즈의 샤워 칸은 샤워기 하나, 선반 하나로 이루어져 있었다. 벽에는 빨간색 버튼이 하나 있었다. 비상시 눌러주세요. 삼례는 빨간색의 글씨를 손끝으로 따라 읽고는 가져온 가방을 선반 위에 올려두었다. 지퍼를 열고 이영이 챙겨준 물건을 하나씩 꺼냈다. 수영복, 수모 그리고 수경이 담겨 있는 작은 가방과 세면용품만 꺼내두고 방수 팩에 담겨 있는 수건은 그대로 뒀다. 며느리가 어제저녁에 수영복을 쉽게 입으려면 몸에 비누칠하고 입어야 한다는 말을 떠올린 삼례는 물을 틀었다. 물줄기가 흘러나오는 곳에서 팡— 하고 무언가 터지듯 희뿌연 연기와 함께 물이 쏟아져나왔다. 따뜻했다. 순식간에 온몸이 노곤해질 정도로 봄날 정오의 햇빛 같은 온도의 물이 끊임없이 흘러나왔다. 시원하게 내뿜는 물줄기를 쐬고 있자니 문득 한 사람당 5만 원으로 이 시설들을 다 유지가 가능한지 궁금해졌다. 이렇게 따뜻해서 모든 곳이 다 뿌예졌구나. 진정으로 목욕만 해도 손해는 아니라고 생각하며 삼례는 온몸에 비누칠을 하기 시작했다.

샤워 칸에서 나오면 다시 바닥에 커다란 화살표가 보였다. 수영장 가는 길. 수영장 가는 길. 반복되는 말과 물고기처럼 헤엄치는 화살표를 따라 걸었다. 몇 번 코너를 꺾고 나니 형형색색의 수영가방을 올려놓는 선반이 보였다. 삼례는 어마어마하게 길게 이어진 선반의 가장 구석, 까먹지 않을 것 같은 공간에 가방을 내려놨다. 수영장 입구로 향하면서도 가방을 내려놓은 곳을 계속해서 힐끔거렸다. 요즘은 뒤돌아서면 잘 까먹는다. 어제는 오랜만에 만난 손자 이섭에게 밥을 먹었냐고, 대화하는 동안 세 번이나 물었다. 그저께는 아들이 전화로 점심에 뭘 드셨냐고 물었는데 생각이 안 나 오후 내내 점심 먹은 걸 떠올리는 데 시간을 다 썼다. 수영장 입구 앞에는 탈의실에 들어올 때 있었던 개찰구가 똑같이 있었다. 팔찌를 가져다대기 전에 삼례는 다시 한번 뒤를 돌았다. 선반 왼쪽 맨 마지막 칸. 선반 왼쪽 맨 마지막 칸. 다시 한번 입으로 중얼거리며 팔찌를 가져다댔다. 훅— 하고 찬공기가 피부에 맞닿아 소름이 돋았다.

 팔과 다리를 훤히 내놓은 수영복이 어색하기만 했다. 수경은 조절이 잘못되었는지 머리가 너무 조여 결국 들어가자마자 벗어냈다. 끈을 조절하고 다시 머리에 끼웠다. 그리고 고개를 들어 수영장 안을 바라보았다.
 몇 걸음 떼지 못하고 삼례는 그 자리에서 얼어붙었다. 보이는 풍경이 그렇게 만들었다. 태어나서 이렇게 어마어마하게 큰 수영장은 처음이었다. 수영장 안에는 커다랗고 기다란 야자나무가 울창하게 엮여 있었다. 얼마 전에 이영이 보여줬던 여행지 같은 장면에 삼례는 말을 잃었다. 밖에서 볼 때는 이렇게까지 안이 넓을 것이라고는 예상하지 못했다. 넓은 공간만큼이나 사람도 많았다.
 게다가 사람들도 이상했다. 분명 탈의실에는 백발노인이 절반이었다. 나머지 반도 그보다 조금 젊어 보이는 노인이었다. 그런데 수영장 안에 있는 이들은 전부 이영이 또래인 젊은이들뿐이었다. 로비에서의 조용함은 온데간데없고 이곳저곳이 시장통처럼 시끌시끌했다. 잘못 들어왔나 싶어 주위를 둘러봤지만 오갈 수 있는 입구는 삼례가 나온 곳 한 곳뿐이었다. 혹시 몰라 마침 반대편 문에서 나오는 손자 또래의 남자에게 방금 나온 문이 남자 샤워실이냐고 물었더니 그렇다고 대답했다.

싱긋 웃은 청년이 시원스레 길게 뻗은 레인 쪽으로 걸어갔다. 노인들이 씻는 것도 더 오래 걸리나. 삼례는 어색하게 팔뚝을 쓸어내리며 수영장에 들어섰다. 왜인지 삼례와는 어울리지 않는 곳이라는 생각이 들었다. 삼례는 기초반 팻말을 찾아 두리번거렸다. 여태까지 수영장에 들어와서 봤던 팻말 중 가장 작았다. 아주 조그만 글씨로 '기초반'이라고 쓰여 있었다. 동그란 모양의 풀장은 딱 봐도 이곳에서 제일 얕은 물이었다. 곳곳에 떨어져 앉은 청년들이 있었다. 삼례는 삼삼오오 모여 있는 젊은이들과 한 걸음 떨어져 앉아 물에 종아리만 담갔다. 물은 차가웠다. 신기하게도 이가 시릴 정도로 몸이 차지지 않았다. 워낙 따뜻한 물로 몸을 적시고 나와서 그렇다고 생각했다. 오히려 시원하다는 느낌에 삼례는 자기도 모르게 발목을 앞뒤로 왔다 갔다 움직였다.

"에구머니나!"

갑자기 삼례 반대편에 있는 곳에서 구수한 감탄사가 터져나왔다. 삼례와 똑같이 검정 수영복을 입은 아가씨였다. 이영과 몇 살 차이가 나지 않아 보였다. 타일에 무릎을 꿇은 채 물속을 들여다보던 아가씨는 얼굴을 만지작거리며 주변 사람들을 훑어보았다. 그러고는 물에 손을 뻗으며 엉엉 울어대기 시작했다. 물속에 뭐가 있길래. 삼례 역시 주변을 한번 훑어보고 물속을 바라보았다. 그리고 그 순간, 삼례도 잠시 숨 쉬는 법을 잊었다.

물속에는 삼례가 있었다. 당연한 이야기지만 당연하지 않았다. 발장구를 치느라 일렁이는 물 표면 위에는 언제였는지 기억도 가물가물한, 이영의 나이 언저리였던 20대의 삼례가 있었다. 잠깐 조용해졌던 수영장에는 다시 많은 사람의 웃음소리가 울려퍼졌다. 처음인가봐. 놀랄 만하지. 물가에 앉아 속닥거리는 사람들의 말소리에 삼례 역시 수영장에 들어설 때 어색하게 쓸어내렸던 팔뚝을 손으로 주물렀다. 뽀얗게 드러난 허

벽지도 바라봤다. 모든 게 팽팽했다. 주름진 곳 없이 탄탄하기만 했다. 한번도 사용한 적 없는 새것 같았다. 삼례는 다시 주위를 둘러봤다. 수영장 안에는 여전히 노인이 단 한 명도 존재하지 않았다.

*

  흐릿한 시야. 삼례는 몇 번 더 눈꺼풀을 깜박였다. 눈앞에는 어제 보다가 잠든 유튜브 화면이 대롱대롱 매달려 있었다. 휴대폰을 감싸고 있는 커다란 집게는 이영의 선물이다. 오래전에 남편이 살아 있을 때 휴대폰을 손에 들고 보기가 힘들다고 흘러가듯 이야기했더니 집게가 있었다. 어디서 사온 건지, 주워온 건지, 제대로 고정도 안 되는 집게를 실로 동여매 침대 모서리에 묶어놓고 썼다. 이걸 본 이영이 이렇게 쓰다가 얼굴에 떨어트리기라도 하면 어떡하냐며 휴대폰을 만지작거리더니 그다음날 아침에 현관문 앞에 물건이 와 있었다. 새 집게가 도착하고 나서도 실로 동여맨 집게는 제자리에 있었다. 안 쓰면 아까워하지 말고 버리라는 이영의 말에 알았다고 대답은 했지만 삼례는 그 물건이 아까웠다. 세상을 떠난 남편이 준 물건이라서가 아니라 삼례는 모든 물건을 아까워했다. 휴지 한 칸, 포장지로 담겨 있던 비닐, 누군가 버린 새 신발, 하물며 음식물 쓰레기 수거함 뚜껑을 열었을 때 너무 멀쩡한 모양새의 과일들. 삼례는 세상에 존재하는 모든 것들을 아까워했다. 쉽게 버려진 물건들을 보면 없어서 서러웠던 날들이 떠올랐다.

 삼례의 남편은 3년 전 세상을 떠났다. 뇌출혈이었다. 갑작스럽긴 했지만, 예상보다 덤덤했다. 언젠가는 그런 일이 생길지도 모른다는 생각이 몇 년 전부터 삼례 머릿속에 존재했다. 나름 준비를 했던 것 같다. 죽음을 준비하는 일이 하나도 어색하지 않았다. 그래서인지 마침내 그런 일을 겪고 나서 누구보다 빠르게 일상으로 돌아갔다. 남편이 죽고 난 뒤에 이명이 생기거나 불면증이 생겼다던 친구들과는 달리 삼례는 예사로운 나날을 보냈다. 태어나서 완전히 혼자가 된 건 처음이었다.

그랬던 삼례가 요즘은 매일 새벽같이 눈을 뜬다. 전날 저녁 8시에 누워 10시 전에는 자려고 무지하게 애를 쓰고 겨우 잠이 들면 야속하게도 새벽 3시쯤 눈이 절로 떠진다. 잠을 잔 것 같지도 그렇다고 안 잤다고 말하기에는 조금 몽롱한 상태를 유지하며 어제와 같은 오늘을 시작한다. 얼마 눈을 붙이지 못해 무겁기만 한 몸을 일으킨다. 거실로 나가서 따뜻한 물 한 잔을 마신다. 동이 트지 않은, 어두컴컴한 아파트 단지를 멍하니 바라보다 가끔 남편이 앉아 있기를 좋아했던 자리를 물끄러미 바라본다. 이 모든 과정을 거치면 새벽 5시쯤 된다.

그러고는 다시 조용히 방으로 돌아간다. 가지런히 정리해놓은 이불 사이로 다시 몸을 넣는다. 가끔 새벽에도 시끌시끌한 옆집을 향해 한숨을 내쉬고는 어제저녁, 잠들기 전까지 혼자 떠들던 휴대폰 화면과 다시 마주한다. 화면을 두 번 두드리면 손가락이 움직일 때마다 세계 곳곳에 이야기들이 흘러나왔다. 수백억대 자산가가 하루아침에 쫄딱 망한 사연, 중국 여행중 절벽에서 기이한 자세로 사진을 찍다가 떨어진 위험천만한 사건, 시골에서 사는 90대 노부부의 이야기, 트로트 경연대회에서 안타깝게 입상하지 못한 참가자의 과거. 한번 쭉 훑고 나면 새벽에서 아침으로 넘어가는 경계, 7시. 시간이 멈춘 줄 알았는데 흘러가고 있다.

  손바닥에 조금 넘치게 들어오는 이 기묘한 물건과 친해진 지 얼마 안 되었다. 보통은 고스톱 전용이었다. 그마저도 이영이 할머니 심심할 때 하라며 알려준 거였다. 고스톱을 재밌게 치다가도 광고가 뜨면 혹시라도 돈 나갈까 싶어 무서워서 얼른 꺼버린다.

  10년 전만 해도 손에 들고 다니는 전화기가 신기했는데 이제는 그걸로 초등학교 동창의 손자가 트럼펫 부는 모습까지 방안에서 볼 수 있다. 처음에는 멋모르고 지하철에서 친구들이 재밌다고 보내오는 영상이 도착하는 족족 확인했다. 봄 철쭉같이 고운 분홍색으로 화면 가득 쓰인 '행복하세요'가 탐스러운 사과 위에 둥둥 떠다녔다. 죽기 전에 꼭 봐야 할 풍경이라든지, '그때 그 시절'이라는 제목을 단 영상에서 꼬질꼬질했던 어린 시절이 재생되기도 했다. 그때마다 이런 걸 누가 남겨놨는지 신기하다고 생각했다. 나중에 이영에게 물어보니 요즘은 인공지능이 그런 걸 만들어낸다고 했다. 옛날 사진만 가지고 있어도 동영상을 뚝딱 만들어내는 그런 시대라고 했다. 세상 참 좋아졌다고 감탄하던 것도 잠시, 삼례는 다음달 휴대폰 요금 고지서를 보고는 화들짝 놀라고 말았다. 한 달에 2만 원 남짓 나오던 금액이 6만 원에 육박해 찍혀 있었다.

삼례는 곧장 고지서를 들고 집에서 멀지 않은 컴퓨터학원에서 아르바이트하는 이영에게 달려갔다. 이영은 그곳에서 데스크를 봐주는 대신 학원비를 면제받았다. 분명 한 달만 쉬었다가 직장에 다닐 거라고 했던 게 세 달 전 일이다. 삼례는 봄바람에 나부끼는 고지서와 핸드폰을 손에 꼭 쥐고서 불투명한 유리문 앞에서 이영을 기다렸다. 얼마 지나지 않아 이영이 문을 열고 나왔다. 뭐 때문에 찾아왔냐는 말도 없이 이영은 삼례 손에 들린 종이를 보고 대수롭지 않게 이야기했다.

"아, 할머니 이거 영상 많이 봐서 그래. 괜찮아."

별일 아니라는 듯 이야기하는 손녀를 보고 안심하긴 했지만 삼례에게는 전혀 괜찮은 일이 아니었다. 전화기에 그렇게 큰돈을 쓰는 것을 납득할 수 없었다. 밖에서 동영상을 못 보게 하는 방법은 없냐고 이영에게 물었더니 이영은 이해가 안 간다는 듯 그러면 왜 스마트폰을 쓰냐고 되물었다. 삼례는 대답하지 못했다. 그냥 이제는 이걸 써야 한다고 하길래 아들이 바꿔준 대로 쓰는 것뿐이었다. 아무도 왜 이걸 써야 하는지는 알려주지 않았다. 이영은 삼례에게 요금 폭탄을 예방할 수 있는 방법을 알려줬다.

"화면 가장 윗부분에 부채 같은 표시에 선명하게 불이 들어왔을 때 보면 돈 안 나가 할머니."

그날 이후로 삼례에게는 규칙이 만들어졌다. 부채에 불이 안 들어오면 절대 집밖에서 유튜브와 카톡을 켜지 않는다. 혹시나 큰돈이 나갈까봐 전전긍긍하는 삼례의 모습을 보고 어느 날 이영이 짜증을 냈다.

"할머니 그거 얼마 안 나가. 그냥 봐. 내가 내줄게. 스마트폰을 스마트하게 써야지. 아, 답답해."

몇 번 버튼을 누르며 중얼거리는 손녀를 보며 삼례는 속으로 대꾸했다. 네 돈은 돈 아니냐. 50원이든 5백 원이든 돈은 다 고되게 버는 것인데. 이영이 이전 직장에서 매일 퇴근할 때마다 쥐꼬리만한 월급에 대해 투

덜거리면서 작은 돈을 소중히 여기지 않는 것이 삼례는 이해가 가지 않았다. 요즘 애들은 커피 한 잔에도 5천 원씩 펑펑 써댄다던 실버카페에서 일하는 친구 자옥의 말이 생각났다. 우리만 아끼지 다들 쓰고 살아. 애들만 그런 게 아니라 카페에 놀러오는 노인들도 마찬가지라 했다.

  매일 부채 모양의 신호가 있는 곳에서만 유튜브에 접속했다. 삼례가 평소에도 외출을 즐기는 편은 아니었지만, 더욱 집에만 있게 되었다. 나가면 다 돈이지 뭐. 부채 모양의 신호가 집에서는 선명하게 떴다. 손바닥 안의 작은 화면. 삼례가 가진 유일한 취미이자 시간을 지우는 방법이었다. 깨어 있는 시간에는 줄곧 그 안에서 살았다. 그래도 예전에는 동네에 있는 작은 도서관에서 책을 빌려다 몇 권 보기도 했었다. 그러나 이제는 눈이 침침해져 읽기가 어려웠다. 그런 면에서 휴대폰은 책보다 글자가 훨씬 또렷이 잘 보여서 좋았다. 글자 크기도 맘대로 키워서 볼 수 있으니 책을 빌려볼 이유는 점점 줄어갔다. 요즘엔 그냥 유튜브 화면만 켜두면 됐다. 잘생기고 훤칠한 청년들이 나와 삼례가 한때 그렇게 좋아하던, 이젠 옛 노래가 되어버린 곡들을 며칠이고 지치지도 않고 불러줬다. 밖으로 나갈 이유가 더욱 없었다. 그러나 집에서도 가끔 부채가 사라지곤 했다. 그러면 종일 할일 없이 멍하니 앉아 있어야 했다. 한번은 곧장 이영에게 달려갔지만, 밖에서는 해결해줄 수가 없다고 했다. 연결하는 방법을 메모지에 꼼꼼히 써줬지만, 무수히 많이 떠 있는 신호에는 죄다 읽을 수 없는 영어가 나열되어 있어 설정까지 들어갔다가 포기했다. 결국 이영이 퇴근하자마자 삼례는 핸드폰을 들이밀었다. 하지 않아도 되는 변명까지 붙여가면서.

"아니 그게 왜 자꾸 없어져. 나 아무것도 안 만졌는데."

"이게 업데이트가 되면 가끔…… 아 그냥 원래 그래."

"어휴, 이거 때문에 종일 아무것도 못했네."

"그냥 보라니까! 하, 진짜. 답답해."

이영은 화면만 몇 번 만지작거리면 금방 부채를 불

러왔는데 삼례는 그 모습을 옆에서 몇 번이나 지켜봐도 머리에 남는 게 없었다.

 냉동실에 얼려뒀던 떡으로 간단히 점심을 챙겨 먹으면 오후 2시. 해가 가장 쨍쨍할 때는 아파트 단지 옆에 있는 개천으로 산책하러 나간다. 개천으로 가는 길에 놓인 벤치에는 매일 아랫집 할머니가 앉아 있다. 이 아파트 단지에 사는 노인은 크게 두 부류로 나뉜다. 노인정에 가는 노인과 그렇지 않은 노인. 삼례와 벤치에 앉아 있는 아랫집 할머니는 후자에 속했다. 삼례는 매일 아랫집 할머니에게 안부를 물었다.
 "오늘도 나오셨네요."
 "아랫집 할머니는 옅은 미소와 함께 대답했다."
 "집에만 들어앉아 있으면 답답하니까. 오늘도 고와 아주."
 아랫집 할머니는 삼례와 열 살 조금 넘게 차이가 나는 듯했다. 이 동네에 사는 아이들에게 '할머니'라고 불려도 다 같은 '할머니'는 아니다. 삼례는 아랫집 할머니에게 곱다는 이야기를 들을 때마다 기분이 오묘했다. 저보다 더 고우신데요 뭘. 그렇게 대꾸하면서도 그 이야기를 듣기 전보다 발바닥에 조금 더 힘을 줘 걸었다. 그러고는 아파트 단지를 빠르게 벗어났다. 그렇게 하면 벤치에 앉아 있을 날을 조금 더 미룰 수 있지 않을까 생각했다. 늙는 것이 두려운 게 아니라 병드는 것이 두려웠다.

산책을 갔다 온 뒤에는 이영과 간단히 저녁을 챙겨 먹거나 이영이 약속이 있는 날에는 그냥 건너뛰는 날도 많았다. 남편이 살아 있었다면 오늘 저녁에는 무슨 반찬을 해야 하나 고민하고 있었을 텐데. 고민하나 줄었을 뿐인데 일상이 엄청나게 여유로워졌다.

또 하루를 절반 지워냈다. 삼례의 하루는 달력에 빗금을 치듯 언젠가 돌아올 마지막 날을 향해 매일 어렵게 지워내는 것이었다. 남편이 죽고 난 뒤 삼례는 반평생 떨어져서 살던 아들네 가족과 같이 살게 되었다. 아들네 가족이라 표현한 것은 그들과 삼례가 다른 울타리에 있다고 느꼈기 때문이다. 내 배 아파 낳은 내 아들인데 살다보니 어느새 남이 되어 있었다. 그렇다고 아들과 서먹한 사이는 아니지만 분명 가깝지도 않았다. 아주 솔직한 마음으로 어떤 날엔 한 달에 한 번씩 방문하는 보건소 직원이 더 가깝다고 느낀 적도 있었다.

그나마 삼례가 가장 많은 이야기를 나누는 건 손녀 이영이었다. 간혹 이영이 자기와 대화하는 것을 귀찮아하는 게 느껴졌지만 그래도 삼례는 꾸준히 이영에게 말을 걸었다. 그렇게 하지 않으면 대화하는 방법을 어느 순간 잊어버릴 것 같았다. 삼례가 보기에 이영은 다 가졌다. 삼례와는 다르게 중고등학교는 물론이거니와 대학까지 나왔고 한글만 읽고 쓸 줄 아는 게 아니라 영어에 중국어까지 한다. 그렇게 배우고도 맨날 뭘 그렇게 더 배우고 싶어 하는지 매일 영어학원에, 컴퓨터학원에, 집에 있는 날이 없다. 삼례는 그런 이영이 한 직장에 정착하지 못하고 쉽게 그만둘 때마다 안타까웠다. 하루는 아침을 먹는 식탁에서 또다른 회사 면접을 봤다던 이영의 말에 삼례가 지나가듯 읊조렸다.

"어디 하나 진득하게 다녀야지. 안 힘든 데가 어디 있어. 일은 다 힘들지. 참으면서 다녀야지."

그러자 이영은 숟가락을 내려놓고 짜증 섞인 어조로 대답했다.

"할머니, 내가 왜 참아야 하는데?"

삼례는 또 대답하지 못했다. 매번 입버릇처럼 하던 말이 있었다. 우리 이영이는 할머니처럼 고생하지 말고 하고 싶은 거 다 하고 살아. 아침부터 손녀를 괜히 짜증나게 만든 것 같아 미안한 마음에 삼례는 이영 앞으로 고기반찬을 들이밀었다. 우리 이영이는 똑똑해. 뭐든 잘할 거야. 뒤늦게 덧붙인 위로도 한발 늦었는지 이영은 삼례의 말을 들은 체 만 체 더이상 말을 잇지 않았다.

아들과 며느리는 출근하고 아직 대학에 다니는 손자 이섭은 학교 기숙사에 있다보니 삼례가 가장 시간을 많이 보내는 것도 이영이었다. 이영은 삼례에게 계속 무언가를 같이하자 졸랐다. 할머니, 우리도 여행 가자. 할머니, 우리 전시 구경하러 가자. 할머니, 텔레비전에서 나온 건데 이거 맛있겠지. 먹으러 가자. 삼례는 그때마다 고개를 저었다. 난 안 가. 안 봐도 돼. 텔레비전으로 보는데 뭘 가서 봐. 안 먹어. 돈 아껴. 이영은 그럴 때마다 돈타령 좀 그만하라고 삼례에게 투덜댔지만 삼례는 새벽같이 일어나 밤늦게나 되어서야 돌아오는 아들 내외를 보면 그런 것을 편히 즐길 수 없었다. 이영은 삼례와 달랐다. 하고 싶은 건 다 했다. 보고 싶은 건 보고 먹고 싶은 건 먹고 가고 싶은 곳은 갔다 왔다. 그리고 다녀와서는 삼례에게 말했다.

"할머니도 같이 갈 걸 후회되지? 그러게, 내가 가자고 할 때 가자니까."

삼례는 이영이 자랑하는 사진을 물끄러미 바라보다 고개를 저었다.

"난 됐어. 너나 많이 보고 너나 많이 다녀."

어떤 감정이 들기 전에 고개부터 저었다. 삼례는 다시 한번 생각했다. 이영과 본인은 정말 다르다고. 그러던 어느 날 이영이 저녁을 먹는데 수영장 이야기를 꺼냈다.

"할머니, 산밑에 수영장 있잖아."

이영이 이야기하는 건물은 삼례도 알고 있었다.

"그 수영장에 내 친구 다닌다고 했잖아 주현이."

"응, 그랬지."

"주현이가 그러는데 주현이네 할머니도 수영 재밌게 다닌대."

이 동네 할머니, 할아버지 절반은 다 거기 다닌다던데? 되게 재밌대. 그래서 내가 신청해놨어. 별로 비싸지도 않아. 한 달에 5만 원이야.

이영은 삼례가 가격에 민감하다는 걸 알고 일부러 손가락 다섯 개를 펴 보이며 저렴하다는 것을 강조했다. 삼례는 5만 원이라는 말에 펄쩍 뛰었다. 그런 걸 쓸데없이 왜 신청하냐며 이영에게 당장 가서 환불하라고 다그쳤다. 이영은 이런 반응을 예상해봤다는 듯 대꾸했다. 그거 다 하고 싶다고 할 수 있는 것도 아냐. 당첨되어야 하는 거야. 떨어지면 어차피 환불되니까 걱정하지 마.

삼례는 그 이후로도 이영의 얼굴만 보면 수영 같은 것 할일 없다며 가서 신청을 취소하라 일렀지만, 이영은 들은 체도 하지 않았다. 그리고 매일같이 집으로 택배 상자가 하나씩 날아왔다. 검정 원피스 수영복, 수영모, 수경, 수영가방, 이태리타월, 방수 팩이 하나씩 삼례의 방에 쌓여갔다. 쓰지도 않을 물건을 반품하라며 매일같이 실랑이했다. 이영은 이미 구매 확정 처리를 해서 반품을 할 수 없다고 했다. 할머니 안 쓰면 내가 쓸게. 그러니까 제발 그냥 좀 놔둬. 내 돈 주고 산 거잖아. 다른 할머니들은 거기 가지 못해 안달이라던데. 구시렁거리는 이영을 보고 삼례는 이마를 짚었다. 등록비만 5만 원이지, 이런 것 사느라 쓴 돈을 생각하면 한 달 반찬값을 하고도 남을 돈이었다. 그리고 며칠 뒤 삼례의 휴대폰으로 문자 한 통이 날아왔다.

브랜뉴 스위밍클럽, 실버클래스에 '당첨'되셨습니다.

삼례는 문자를 오래도록 바라봤다. 당첨이라는 글자가 유독 크고 두껍게 읽혔다. 어쩌면 그 문장에서 확실하게 알고 있는 단어가 그것뿐이었기 때문일지도 모른다. 삼례는 당장 이영이 일하고 있는 학원으로 달려가 환불하라고 닦달하려 일어났다가 의자에 도로 앉았다. 인생에서 무언가 '당첨'이 되어본 적이 있었나 곰곰이 생각해봤다. 없었다. 몸이 고달프지 않고 얻을 수 있는 건 없었다. 심지어 온몸이 바스러질 것같이 일했어도 받아야 하는 대가도 제대로 못 받은 적이 수두룩했다. 문득 이영의 나이에 인쇄소에서 손이 다 트도록 종이를 재단하던 때가 떠올랐다. 사장이 노름판에 빠져 월급을 받지 못해 몇 날 며칠을 인쇄소 앞에서 버텼던 날들이었다. 그때 받아야 하는 돈이 족히 3만 원은 됐었다. 칼바람이 살을 베어가듯 추운 날에 무작정 자물쇠가 걸린 문 앞에 서서 버텼다. 동네 사람들이 젊은 처자가 곧 쓰러진다고 사장의 처남 되는 사람을 겨우 불러내줬다. 전부 받지도 못하고 어렵게 5천 원을 받아낸 기억이 있었다. 그뒤로 떠오르는 기억들도 죄다 행운과는 거리가 먼 이야기들이었다. 속상한 기억 저편에서부터 줄곧 거칠었던 손등을 매만졌다. 삼례는 거실 가운데까지 들어찬 햇빛을 바라보며 핸드폰을 왼손에 꼭 쥔 채 오래도록 자리에서 일어나지 못했다.

삼례가 당첨된 수업시간은 오전 6시였다. 삼례는 이영이 챙겨준 수영가방을 들고 현관문 앞에서 나갈지 말지 몇 번을 고민했다. 전날 밤에도 수강 환불을 두고 이영과 입씨름하는데 늦게 퇴근해 씻고 나온 아들이 그런 삼례에게 지겹다는 듯 얘기했다.

"엄마, 그러지 말고 그냥 한번 가세요. 이영이가 엄마 생각해서 신청한 건데. 가서 진짜 별로면 그때 가서 환불해도 되잖아."

삼례는 유독 아들 앞에서 작아졌다. 분명 삼례가 젊은 시절 쌓아온 곳간을 야금야금 털어간 건 아들이다. 삼례가 돈타령하게 된 데에는 아들의 역할이 컸는데도 이상하리만큼 점점 아들 앞에서 목소리가 작아졌다. 남편이 죽고 나서 더 심해졌다. 삼례는 아들에게 말을 붙이는 것 대신 한숨만 푹푹 내리쉬며 방으로 돌아갔다. 그렇게 돌아온 새벽, 안 그래도 하루하루가 잠드는 일이 고역인데 수영장에 갈 걱정에 날밤을 지새우고 말았다. 새벽 5시 반. 아들 내외가 출근 준비를 하고 손녀는 아직 꿈나라였다. 삼례는 어수선한 집안을 한번 바라보고 현관문을 열었다. 새벽 봄 공기가 제법 쌀쌀했다. 왼쪽 팔꿈치를 오른쪽 손바닥으로 쓸어내리며 봄바람이 스민 복도를 걸었다. 걸음에는 온통 불안뿐이었다. 언제부터 새로운 것을 두려워했는지 삼례는 기억이 나지 않았다.

*

 첫 수업. 6시 10분이 되자 등장한 선생님은 물개같이 온몸을 덮는 전신수영복을 입고 등장했다. 키는 훤칠했다. 인물도 좋았다. 수모는 쓰지 않았다. 풍성한 머릿결을 쓸어넘기며 풀장 앞에 섰다. 짝! 하고 두 손바닥을 마주하여 소리를 낸 강사의 첫마디는 이랬다.
 "브랜뉴 스위밍클럽에 함께하시게 된 분들 진심으로 환영합니다. 운이 좋으신 분들이군요."
 그러고는 띄엄띄엄 떨어져 있는 사람들을 향해 말했다.
 "오늘 처음 오신 분들은 모든 게 어색하시겠지만, 최대한 모여 앉아주시겠어요?"
 강사의 말에 따라 삼례를 포함한 모든 사람이 반원을 그리며 물가에 모여 앉았다. 강사는 수영장의 규칙에 관해 설명했다. 카메라가 달린 전자기기는 어떤 이유에서든지 절대 반입해서는 안 된다고 했다. 손목에 걸린 은빛 팔찌는 '실버링'이라고도 부른다고 했다. 이 팔찌로는 수영장 안에서 모든 일을 할 수 있다고 했다. 수영장 입장은 물론이고 사물함 열쇠, 수영장의 모든 시설 관련한 결제도 가능하다고 했다. 오늘 처음 온 사람들만 자리에서 일어나보라는 강사의 말에 삼례를 비롯해 열 명 정도 되는 사람들이 쭈뼛거리며 자리에서 일어났다. 앉아 있는 사람들에게는 발차기 연습을 시작하라고 했다. 강사는 새로 온 사람들을 이끌고 자리를 옮겼다.

"제 이름은 강일입니다. 김강일. 만나서 반갑습니다."

몇 살이나 먹었을까. 삼례는 로비에서 봤던 직원들을 보고 했던 생각을 똑같이 했다. 나는 몇 살처럼 보일까. 아직도 팽팽하기만 한 손등이 어색했다. 삼례에게 수영장에 대한 기억이 전혀 없는 것은 아니었다. 손주들이 아주 어릴 적, 초등학교까지만 해도 여름이면 가족들끼리 한강 야외수영장에 놀러갔다. 그때도 삼례는 물 밖에서 손주들 먹일 수박과 도시락을 지키고 앉아 있긴 했지만, 수영장의 기본 구성이 어떻게 되어 있는지 정도는 알고 있었다. 이 수영장은 뭐가 달라도 달랐다. 50미터나 되는 기다란 기본적인 수영 레인 말고도 다른 시설이 있었다. 그런데 강일을 따라간 수영장 한편에는 기다랗고 높은 책상들과 의자가 수없이 많이 놓아져 있고 그 뒤로 알록달록한 형형색색의 과일들이 진열되어 있었다. 높은 의자들 앞에는 목욕탕에서나 볼 법한 탕이 서너 개 있었는데 이는 체온 유지를 위해 만든 것이라고 강일이 설명했다. 여기서는 커피와 음료를 주문해서 마실 수 있습니다. 결제는 실버링으로만 가능하고 실버링 충전은 1층 로비에서 가능합니다. 오늘 처음 오신 분들은 환영 선물로 5천 원씩 들어 있을 겁니다. 다들 찜질방 가보셨죠? 찜질방에서 키로 결제하는 거라고 생각하시면 돼요. 지하철 탈 때도 교통카드 충전하듯이요. 아, 여기는 이제 교통카드 충전해서 쓰시는 분들이 없으신가요? 하하하. 호탕하게 웃는 강일의 얼굴을 보고, 서로의 얼굴을 힐끔거리고 바라보던 사람들이 웃기 시작했다. 삼례 역시 어이가 없어 웃음이 났다. 새파랗게 어린 손주와 비슷한 나이로 보이는 애가 나이를 가지고 농담을 하는 것 자체가 기가 막히게 느껴졌다. 삼례도 그런 앳된 얼굴이라는 것을 전혀 인식하지 못했다. 강일은 다시 한번 앞으로 쏟아진 머리카락을 뒤로 쓸어넘기며 말을 이었다. 물론 여기 있는 시설들은 당연히 수업을 마치고 이용할 수 있습니다. 출석률이 50퍼센트 미만일 경우 재등록이 불가능하니 그 점 유의해주세요. 만약 이곳에서 음식을 섭취하시고 다시 수영하고 싶으시다면 양치사탕을 구매해서 화장실에서 사용하시고 이용해주세요. 양치사탕. 삼례는 태어나서 처음 들어본 사탕이었다. 그 설명 또한 친절히 벽에 큼지막하게 붙어 있었다. 입에 물고 30초. 거품이 일어나기 시작하면 30번 우물거리고 뱉어주세요. 구매는 키오스크에서.

키오스크. 물건을 가리키고 이 물건의 이름을 맞혀보라고 하면 바로 대답하기는 어렵지만, 키오스크라고 누군가 이야기하면 어떻게 생긴 물건인지는 알았다. 요즘은 가는 가게들마다 온통 그게 있었다. 보기는 많이 봤지만 한번도 사용해본 적은 없었다. 보통 이영이나 이섭이 대신해주거나 아들 내외 선에서 정리가 되었다. 그러나 아들 내외도 익숙해 보이지는 않았다. 저번에는 셋이 햄버거를 먹으러 갔다가 주문하는 데만 20분을 사용했다. 삼례는 그때도 그 물건이 도대체 뭐가 편리하다는 건지 이해하지 못했다. 말로 하면 금방 끝나는 것 아닌가. 저번에는 오랜만에 친구가 놀러와 큰마음 먹고 동네에 있는 카페에 갔다. 분주히 움직이는 직원들을 기다리며 한참 서 있었으나 주문받을 생각을 안 하길래 결국 계산대 앞에 다가갔더니 그제야 젊은 직원들이 불퉁한 목소리로 대답했다. 주문은 키오스크로 하셔야 해요. 벌서듯 서 있던 시간이 10분은 되었을 거다. 화가 난 친구가 그런 건 아까 말해줬어도 되지 않았냐며 큰소리를 냈다. 이런 경우 사람들의 빈축을 사는 건 가게 사정을 이해하지 못한 노인들이었다. 삼례는 일제히 꽂히는 시선에 조용히 친구의 팔을 끌고 나왔던 기억이 떠올랐다. 그런데 이곳에 그 기계는 한두 대가 아니었다. 대충 눈으로만 세봐도 족히 열 대는 되었다.

  첫 타임이라 그런지 시설이 한산했다. 체온유지탕에 앉아 있는 젊은 여자 둘 뿐이었다. 탕을 지나가면 일렬로 서 있는 야자수 아래로 누워 있을 수 있는 의자들이 길게 진열되어 있었다. 브랜뉴 선베드. 1일권 2만 원. 한 달 지정석 15만 원. 5만 원으로 이 어마어마한 시설을 어떻게 운영하는지 궁금했는데 삼례는 이제야 납득이 되었다. 수영장 등록비가 이 수영장에서 가장 저렴했다.

강일과 수영장을 한 바퀴 둘러보고 다시 기초반 자리로 돌아왔다. 원래 수업을 들은 경험이 있거나 아는 사람들은 물에서 제법 헤엄을 치고 있었다.

"새로 오신 분들은 오늘 숨쉬기부터 배울 겁니다. 혹시 물이 무서우신 분 계신가요?"

맨 오른쪽에 앉아 있던 남자가 조용히 손을 들었다. 얼굴은 유독 하얗고 까만 머리칼을 가진 남자였다. 그 남자 역시 이섭과 나이가 비슷해 보였다. 아니, 피부가 하얘서 그런지는 몰라도 매일 밖에서 공을 차며 노는 것을 좋아하는 이섭보다 더 어리게 보이기도 했다. 삼례 역시 물과 친하다는 생각은 딱히 들지 않았다. 그래서 한 분밖에 안 계시냐는 강일의 말에 조심스레 손을 들었다. 오늘 새로 온 열 명은 여덟 명과 두 명으로 나뉘었다. 삼례는 후자였다. 가장 오른쪽에서 수업을 들었다. 물에 들어가기 전에 강일이 한마디 덧붙였다.

"수모는 착용하지 않으셔도 됩니다. 모자에 넣기엔 머리숱이 아깝잖아요."

다시 한번 같은 풀에 들어 있는 이들이 크게 웃었다. 생각했던 것보다 물에 적응하는 것은 어렵지 않았다. 처음에 물속으로 고개를 집어넣고 숨을 쉴 때 타이밍을 잘못 잡아 코가 한 번 따가운 적은 있으나 그뒤로는 곧잘 숨을 내뱉었다. 강일은 입으로 소리 내가며 숨쉬는 법을 가르쳤다. 음—파. 음—파. 코끝으로 방울방울 올라오는 숨을 일일이 확인했다. 첫 수업에는 고개를 물에 넣었다가 들어올리며 걷는 데에만 집중했다. 젊은 사람들이 원을 그리며 얕은 풀장을 계속 걸었다. 간혹 고개를 들었을 때 지난달에 들어와 진도가 빠른 사람들을 눈으로 훔쳐보는 여유도 생겼다. 50분 동안의 수업이 끝나면 넓게 퍼져 있던 원이 좁아졌다. 수업을 듣는 사람들 모두가 서로의 손을 잡았다.

"제가, 오늘도 재밌었습니다—, 하면 회원님들은 예! 하고 팔을 들어주시면 됩니다. 아셨죠?"

별것 아닌 강일의 말에도 사람들은 잘 웃었다.

"오늘도 재밌었습니다—."

"예!"

삼례는 이 나이가 되어 겨드랑이를 남에게 보여준 적이 있었나 생각해봤다. 팔을 하늘 위로 이렇게 높이 든 적이 언제인지도 잘 기억나지 않았다. 차가운 물에 머리를 박고 코로 숨을 내쉬었을 때보다 훨씬 개운한 느낌이 들었다. 다 같이 박수를 치고서 물 밖으로 올라왔다. 수업 내내 춥다고 느낀 적이 단 한 번도 없었다.

수업이 끝나고 사람들이 나누어졌다. 삼례처럼 처음 온 사람들은 키오스크가 있는 쪽을 눈으로만 힐끗거리며 쭈뼛거리다 샤워장이 있는 곳으로 걸어갔다. 원래 다녔던 사람들은 당연하다는 듯 키오스크 쪽으로 걸었다. 삼례 역시 샤워실로 돌아가려는데 한 여자가 삼례를 불렀다. 살구색의 수영복을 입은 단발머리의 여자였다.

"주스 한잔하고 가실래요?"

삼례는 주변을 두리번거리다 아무도 없는 것을 확인

하고 조용히 무리에 합류했다. 이곳이 어떤 곳인지 조금 더 알고 싶었다.

무슨 놈의 주스가 금을 넣고 갈았나. 삼례는 키오스크 화면에 나오는 과일주스 가격을 보고 깜짝 놀랐다. 전부 만 원이 넘었다. '아이스아메리카노'라고 적힌 메뉴가 만 원으로 가장 저렴했고 생과일주스는 만 5천 원부터 시작했다. 삼례가 속한 무리는 여섯 명이니까 지금 실버링을 기계에 가져다댄 여자는 이름도 모르는 세 사람의 주스까지 합쳐 도합 9만 원을 쓰는 것이었다. 삼례는 속으로 기함을 토했다. 여자가 미쳤다, 동시에 팔자 좋은 사람이라고 생각했다. 어떤 걸 드시겠냐고 물어오는 말에 '아무거나'라고 대답한 삼례의 말에 여자는 딸기주스를 눌렀다. 바 의자는 얘기하기가 불편해서 우리는 저기 앉을까요? 살구색 수영복을 입은 여자가 가리킨 곳은 여러 사람이 앉을 수 있는 원탁 앞에 놓인 의자였다. 남색 수영복을 입은 남자가 앞장섰다. 삼례 역시 그들을 따라 발걸음을 옮겼다. 자리에 둘러앉자 사람들이 자연스럽게 자기소개를 시작했다. 이름과 사는 곳 나이를 공개했다. 다들 주변에 있는 아파트 단지에 살고 있었다. 테이블에 앉은 여섯 모두 혼자였다. 남자 둘 여자 넷. 나이는 비슷했다. 일흔 아래로는 한 명도 없었다. 삼례는 그중에서 딱 중간이었다. 이야기를 나누면서도 손주들과 비슷한 외형을 가진 이들이 일흔넷이니, 여덟이니 하는 게 기가 막혔다. 그러다 새빨간 딸기주스가 담겨 있는 유리잔에 비친 얼굴과 눈이 마주치면 삼례는 자연스레 입술을 안으로 말아 물었다. 다시 생각해도 꿈을 꾸고 있는 것 같았다. 말이 안 되는 일이었다.

삼례가 사는 아파트 옆 단지에 살고 있다는 여자의 이름은 옥정이었다. 옥정은 아까 구수한 감탄사를 내뱉었던 아가씨였다. 삼례와 똑같은 검정 수영복을 입은 사람이었다. 옥정은 머리가 길었다. 까만색의 윤기 나는 머리를 가슴께까지 늘어트리고서 앉아 있는 사람들에게 물었다.

"여기 이렇게 희한한 곳인 거 다들 알고 오셨어요?"

삼례 역시 궁금했던 질문에 몸을 바짝 세웠다. 살구색 수영복을 입고 있던 팔자 좋은 여자의 이름은 영선이었다. 영선이 고개를 저으며 대답했다. 저는 몰랐어요. 영선의 옆자리에 앉은 남자는 조용한 목소리로 속삭였다. 저는 알았습니다. 윗집 형님이 알려주셔서요. 이 자리에 앉아 있는 셋은 알고, 셋은 몰랐다. 수영장이 문을 연 지는 3개월이 막 지나는 시점이었는데 알음알음 소문이 나는 것 같다고 했다. 점점 사람이 많아지고 있다는 영선의 말에 삼례는 다시 주변을 돌아보았다. 어느새 의자마다 사람들이 꽉 차 있었다. 겉보기로는 젊은 남녀들이 섞여 앉아 노는 것 같았다. 다들 무슨 이야기들을 하는지 얼굴에 웃음꽃이 활짝 피었다. 삼례는 다시 한번 딸기주스가 가득차 있는 유리잔을 바라보았다. 이영이 했던 말이 떠올랐다. 다른 할머니들은 가고 싶어서 안달이라던데. 수영장 안에는 어느새 물을 가르는 소리 대신 사람들이 떠드는 소리와 웃음소리로 가득찼다.

삼례는 새벽반이 가장 당첨되기 어렵다는 사실도 기초반 사람들과 이야기하면서 알았다. 기초반 사람들이 자리를 비켜주지 않으면 그다음 반 사람들은 이 의자들을 사용하기 어려운 것이 이유라고 했다. '도대체 이 의자가 뭐길래'라고 잠시 생각했으나 사람들과 이야기를 나누다 문득 느꼈다. 종일 이렇게 많은 단어를 내뱉은 게 굉장히 오랜만이었다. 대화 같은 대화를 오랜만에 했다. 문제의 해결 혹은 걱정이 아닌 사는 이야기. 매일 붙어사는 아들과 며느리, 그리고 이영과 나누는 게 그냥 말소리라면, 이곳에서 나누는 건 대화였다. 삼례는 특히 이렇게 낯선 사람들과 어울린 게 얼마 만인지 헤아려봤다. 꽤 오래전 일이었다. 수영장은 의자 개수를 점점 늘리고 있다고 했다. 천장에 어설프게 남은 구조물은 더 많은 의자와 테이블을 놓기 위해 2층 공간을 작업하고 있는 거라는 설명도 들었다. 남편이 떠난 지 석 달밖에 되지 않았다는 영선은 옥정을 향해 물었다. 아까 왜 그렇게 우셨어요? 옥정이 유리잔 표면에 맺힌 물방울을 닦아내며 대답했다.

"반가워서요…… 불쌍하기도 하고요."

테이블의 분위기가 급히 숙연해졌다. 짧은 침묵은 공감의 표시였다. 적어도 삼례는 그랬다. 치열하기만 했던 젊은 시절을 생각하면 돌아가고 싶다는 생각은 단연코 한 번도 해본 적 없었다. 젊은 시절에는 오늘처럼 유리잔에 비친 얼굴을 자세히 들여다볼 시간조차 없었다. 그래서 더 낯설었는지도 모른다. 제대로 살펴본 적이 없어서. 영선은 조심히 옥정의 손을 잡았다.

"제 딸이 그러는데 '브랜뉴'는 새로운 거래요. 여기서는 다 새로운 거예요."

옥정이 고개를 끄덕였다. 눈가를 한번 정리한 옥정은 사람들을 향해 웃어 보였다. 삼례는 옥정이 불쌍하다는 단어와는 어울리지 않는 너무 뽀얗고 포동포동한 볼을 가졌다고 생각했다.

삼례는 샤워실로 돌아왔다. 어디에 뒀는지 억지로 기억하지 않아도 자연스레 가방을 찾았다. 한번 해봤다고 처음보다 익숙하게 돌고래도 찾았다. 희뿌연 연기와 함께 쏟아지는 물줄기를 맞으며 생각했다. 저 연기가 희한한 건가. 분명 들어가기 전에는 살갗이 따가울 정도로 따뜻한 물에 몸을 녹였는데 지금은 아무리 찬물로 몸을 헹궈내도 춥다고 느껴지지 않았다. 삼례가 오랜만에 마주한 젊음은 아주 단단하고 두꺼운 것이었다. 샤워를 마친 삼례는 탈의실로 돌아와 다시 파도가 일렁이는 화면 앞에 섰다. 화면 속에는 당연히 삼례가 비쳤다. 일흔여섯의 빈약한 머리숱을 가진 여삼례. 주변을 돌아봤다. 탈의실 안은 전부 노인이었다. 수영장에서 봤던 찰랑거리던 긴 머리나, 빽빽했던 정수리는 온데간데없었다. 혹시 잠깐 꿈을 꾼 것은 아닐까. 그러기엔 너무 생생했다. 삼례는 젖은 머리칼을 손으로 쓸어넘겼다. 어깨까지 내려오던 머리카락 대신 목덜미에 맞춰 자른 머리가 그새 서운하게 느껴졌다.

수영장 로비로 걸어나왔다. 실버링을 충전하기 위한 줄이 아주 길었다. 줄을 선 사람들도 전부 노인이었다. 삼례는 줄을 선 사람들을 물끄러미 바라보았다. 로비는 아침과 비슷하게 일부만 웅성거릴 뿐 수영장 안에서처럼 소란스럽지 않았다. 기운이 없다고 중얼거리며 소파에 털썩 주저앉는 사람들도 있었다. 길게 늘어선 실버링 충전 대기 줄을 바라보는 삼례의 앞으로 허리가 굽은 노인이 지나갔다. 탁, 탁, 탁, 탁. 노인이 걸을 때마다 왼손에 들린 지팡이 소리가 건물 바닥에 울렸다. 백발의 할머니는 남은 손으로 목욕 바구니를 들고 있었다. 바구니에 걸쳐진 살색 수영복이 눈에 익었다.

삼례는 그제야 로비가 조용한 이유를 깨달았다.

*

 첫 수업이 어땠냐는 이영의 질문에 삼례는 말을 얼버무렸다.
 "그냥. 뭐."
 "별로는 아니었나본데?"
 기분 좋게 웃는 이영을 보는데 유리잔에서 봤던 제 모습이 겹쳐 보였다. 기분이 이상했다. 삼례는 다음날도, 모레도, 글피도 수영장에 갔다. 수영장에 나가게 된 지 1주일이 되었을 때는 다른 때보다 10분 더 일찍 나갔다. 실버링을 충전하기 위함이었다. 매번 같은 반 사람들에게 얻어먹을 수만은 없었다. 10만 원. 수업료의 두 배에 달하는 돈이지만 음료 열 잔 값도 안 되는 돈이었다. 삼례는 이제 익숙하게 줄을 섰다. 뾰로롱— 뾰로롱— 뾰로롱— 입장 신호가 울리면 질서를 지킨 노인들이 하나둘 차례로 실버링을 기계에 가져다대었다. 젊음을 유영하기 위해 수많은 노인이 유리문을 통

과했다. 삼례는 수영장에 온 지 사흘째 되는 날 키오스크 사용법에 대해 배웠다. 영선이 가르쳐줬다. 저도 지난달에 배웠어요. 지금은 중급반에 계시는 다른 회원님이 알려주셨거든요. 뭔가 잘못 누르면 망가트릴까봐 겁이 났던 기계는 생각보다 별것 없었다. 원하는 것을 찾아 누르면 됐다.

"서두를 필요 없어요. 하나씩 선택하면 돼요."

주스랑 커피 중에서 커피를 누르고. 커피에서 마시고 싶은 커피를 찾으면 됐다. 다만, 문제가 있었다. 커피 이름이 너무 요란했다. 아이스아메리카노, 카페라테, 카푸치노, 캐러멜마키아토, 플랫화이트. 한글을 읽고 있지만 삼례는 아무것도 이해하지 못했다. 영선도 전부는 모른다고 했다. 저는 딸이랑 항상 아메리카노만 마셔요. 다른 건 안 마셔봤어요. 삼례도 아메리카노는 그 이름이 조금 익숙했다. 이영이 집에 있는 커피믹스는 안 마신다면서 다른 커피를 사서 맛보여준 적이 있었다. 그때도 삼례는 있는 걸 먼저 다 마시라고 잔소리했다가 이영의 한숨을 들은 적 있었다. 삼례는 뒤로 기다리는 줄이 길어지자 아무거나 눌렀다. 플랫화이트. 어차피 삼례가 지불하는 건 커피값이 아니라 자릿값이다. 투명한 유리 천장으로부터 햇빛이 제일 잘 들어오는 자리. 삼례는 사흘 만에 수영장 안에서 좋아하는 자리가 생겼다.

처음 마셔본 플랫화이트는 맛이 괜찮았다. 영선의 것도 한입 얻어먹어봤지만, 삼례는 본인이 고른 메뉴가 더 마음에 들었다. 플랫화이트, 플랫화이트, 플랫화이트. 여기서는 노력하지 않아도 눈으로 보고 귀로 들은 것을 까먹지 않지만, 탈의실로만 가도 어떤 날은 몽롱해지는 기분이 들었다. 플랫화이트. 쓴맛이 지나고 나면 달콤하고 고소한 맛이 남는 커피는 플랫화이트. 삼례는 그날 머리를 감으면서도 내내 중얼거렸다.

수영장 안은 일종의 복합문화공간 같았다. 예전에 이영이 독서 모임인가 뭔가 하러 멀리 간다고 했을 때 삼례는 그까짓 거 하러 뭐 그리 멀리 가냐고 나무란 적이 있었다. 이영은 그냥 이야기할 사람들이 있는 곳으로 갔던 것뿐이다. 이곳에 오고야 깨달았다. 뒤늦게 손녀에게 그렇게 말한 것이 미안해졌다. 수영은 이곳에서 가장 작은 움직임이었다. 사람들은 좋아하는 음악을 신청해서 나눠 듣고 재밌게 읽은 책 내용에 관해 이야기하기도 했다. 어제 먹은 저녁 메뉴나 동네에 맛있는 식당 이름을 공유했다. 좋아하는 수영복 브랜드에 관해 이야기하고 서로의 수영복 모양에 대해 의견을 나누었다. 날이 갈수록 과감하고 화려한 수영복을 입는 사람이 늘었다. 이곳에서 자식 얘기나 손주 얘기를 하는 사람들은 아무도 없었다.

어떤 이들은 손을 잡고 돌아다니기도 했다. 2인용 선베드는 비어 있는 날이 없었다. 듣기로는 대기도 있다고 했다. 그리고 아무도 그 모습을 이상하게 여기지 않았다. 삼례도 마찬가지였다. 팥빙수에 숟가락을 넣고 휘젓던 옥정이 지나가는 남자를 보고 테이블 가운데에 속삭였다. 저 남자, 혼자라고 했는데 알고 보니까 부인이 병원에 있대요. 저 끝에 선베드가 저 남자 고정석인데, 글쎄 맨날 여자가 바뀌어요. 내가 어제도 봤어. 삼례와 영선은 그 얘기를 듣고 깔깔대며 웃었다. 재미있게 흉을 보던 와중에 세 사람은 남자와 눈이 마주쳤다. 옥정이 먼저 어색하게 웃으며 남자에게 손을 흔들었다. 입꼬리를 천천히 늘이며 가볍게 웃은 남자는 장골을 훤히 드러낸 채 몸에 바른 것 같이 착 붙은 수영복을 입고 있었다. 영선이 옥정에게 물었다.
"자기 저런 스타일 좋아해?"
"무슨 소리야, 언니. 부인 있다니깐!"
옥정이 펄쩍 뛰며 손사래를 쳤다. 삼례는 어느새 선베드에 누워 있는 여자를 향해 손을 흔드는 건장한 청년을 보고 세상을 떠난 남편이 떠올렸다. 남편도 이곳에 왔으면 잘 지냈을 거다. 오히려 너무 잘 지내서 방금 지나간 남자처럼 누군가 흉을 봤을지도 모른다. 혼자 오게 되었다면 이런 곳이 있다고 삼례에게 말 한마디 안 했을 사람이다. 삼례는 고개를 저으며 팥빙수 그릇에 숟가락을 꽂았다. 아무리 퍼먹어도 이가 시리지도 않고 몸이 떨리지도 않는 것이 신기할 뿐이었다.
수영장 안에는 제법 조직적인 사모임이 성행했다. 그중 삼례의 눈에 가장 띈 무리는 영어로 대화를 하는 모임이었다. 영어를 하나도 모르는 삼례가 듣기에도 영 어색하고 어눌한 말씨였지만 사람들은 느리게, 그리고 꾸준히 말을 이어 붙였다. 그중에 눈에 띄게 잘하는 사람이 딱 한 명 있었다. 영선이 설명을 덧붙였다. 저기 진녹색 수영복 입은 여자 있잖아요. 저 사람이 미국으로 이민 갔다가 돌아왔대요. 그래서 영어를 잘하나봐요. 처음에는 그 옆에 앉은 남자랑 두 명으로 시작했는데 언제 저렇게 사람이 늘었더라고요.

삼례도 어렸을 때 공부하고 싶었던 적은 수도 없이 많았다. 공책 살 돈이 없어서 다 쓴 공책을 지워서 또 쓰던 시절이 있었는데 이제는 만 원짜리 커피를 턱턱 사 먹는다는 게 기가 막혀 잠깐 웃었다. 실제로 이영에게도 여러 번 이야기한 적 있었다. 우리 이영이는 시대를 참 잘 타고났다고. 우리 때는 아무나 공부를 할 수 없었다고.

"내가 지금 세상에 태어났으면 난 책을 원 없이 봤을 거야."

이영은 그런 말을 들을 때마다 심드렁한 표정으로 고개를 끄덕였다.

"지금이라도 보면 되잖아."

"지금은 글씨가 잘 안 보여."

수영장에 시간과 레인 안내를 띄워주는 가장 큰 메인 전광판에는 매일 다른 문구가 영어로 쓰여 있었다. 답답할 것이 하나 없는 이곳에서 삼례가 제일 답답하게 느낀 건 그 문구 한 줄이었다. 그래서 잠깐 상상해봤다. 이곳에서 책을 펼쳐놓고 공부하는 젊은 모습의 자신을. 수영복을 입고 둘러앉아 연필을 굴리고 있는 사람들의 모습을. 이왕이면 진짜 외국인 선생님이 똑같이 수영복을 입은 채 가르쳐주면 좋겠다는 생각도 했다. 우스꽝스러운 상상이지만 이곳에서는 영 말이 안 될 건 없어 보였다.

 삼례가 집에 혼자 있는 시간이 마음에 걸렸던 며느리가 어느 날 소책자를 들고 온 적이 있었다. 노인대학에 대한 설명이 가득한 팸플릿이었다. 삼례는 다 늦은 나이에 이런 걸 해서 뭐하냐고 손사래를 치며 안 한다고 완강히 거절했었다. 이제 와서 생각해보면 그때는 고작 일흔이었다.

 그날 수영장에서 나오자마자 삼례는 수영가방을 들고 시내에 있는 서점에 갔다. 3층짜리 건물에 한 층이 전부 서점이었는데 수십 년 전, 아들의 중학교 입시 문제집을 사러 왔던 이후로 올 일이 없었다. 매번 수영장에 큼지막한 안내표에 익숙해진 터라 책장마다 조그맣게 적혀 있는 분류표가 잘 읽히지 않았다. 매일 수영장만 오가다보니 세상이 이렇게 불친절하다는 걸 잠깐 잊고 지냈다. 삼례는 결국 책을 정리하던 젊은 직원을 붙잡고 조심스레 물었다.

"영어책은 어디 있어요?"

수영 선생님 강일과 비슷하게 생긴 남자 직원이 데려다준 곳에는 온갖 영어 서적들이 빽빽이 꽂혀 있었다. 뭘 알아야 고르지. 원하던 영어책 구간을 찾았는데도 불구하고 답답했다. 한참 책등만 만지작거리며 서 있던 삼례의 옆으로 아까 그 직원이 다가와서 물었다.

"어떤 영어책 찾으세요?"

"…… 아, 그…… 영어를 읽어보고 싶은데."

"아— 알파벳이요?"

직원은 잠시 고민하던 소리를 내더니 멀지 않은 책장에서 책 한 권을 빼줬다.

"이 책이 글씨가 가장 커서요."

삼례가 책을 받고 돌아서는 직원을 다시 한번 붙잡

았다.

"혹시, 물에 젖지 않는 책도 있나요?"

집으로 돌아가는 삼례의 손에는 책이 무려 네 권이 들려 있었다. 혹시나 해서 물었다. 젊어지는 수영장도 있으니 물에 젖지 않는 종이도 있는가 해서. 그런데 실제로 있었다. 영어책은 없고 그냥 소설책이라고 했다. 영선과 옥정의 것도 함께 샀다. 책값으로 무려 한 달 수강료를 지불했지만 삼례는 콧노래까지 부르며 양손 무겁게 집으로 돌아갔다.

수영장에 다니고서부터 삼례의 밤은 짧아졌다. 억지로 잠에 들지 않았다. 10시만 되면 저절로 잠이 쏟아졌다. 가끔 꿈도 꿨다. 꿈에는 돌고래와 수영하는 삼례가 보였다. 삼례는 꿈인 것을 알고 있으면서 다음 생에는 인어로 태어나는 것도 괜찮을 것 같다고 생각했.

알람이 없어도 삼례는 정확하게 5시에 눈을 떴다. 적어도 5시 반에는 수영장으로 향했다. 이제 자유형 팔돌리기까지 배웠다. 준비운동이 끝난 뒤에 킥판을 잡고 두 바퀴를 돌았다. 바로 2미터 풀에 들어가 50분

내내 레인을 돌기만 하는 마스터반에 가보고 싶다는 생각도 꽤 자주 하게 되었다.

집에서 혼자 먹는 점심 대신 키오스크에서 플랫화이트와 컵과일을 시켜서 같은 기초반 사람들과 나눠 먹는다. 이야기가 길어지면 2시가 훌쩍 넘어서 수영장 건물을 벗어났다. 실버클럽 운영 시간은 오후 3시까지. 어떤 날에는 그 넓은 샤워 칸이 꽉 차 돌고래를 찾는 데만 30분이 걸린 적도 있다. 삼례는 이전에 서점에서 샀던 책을 옥정과 영선에게 선물했다.

"이걸 뭐라고 부른다고요?"

"워, 터, 프, 루, 프, 북―."

집에서 수십 번 입 밖으로 뱉어내며 외운 단어를 다행히 까먹지 않았다. 샤워실에 갈 때까지 외워댄 보람이 있었다. 샤워를 시작하고 나서는 한번도 중얼거리지 않았는데도 잊어버리지 않았다.

"이름이 너무 어렵다―."

"언니, 고마워요. 색이 너무 곱다."

"그림도 너무 멋지고."

"나도 신기하길래 사봤어요."

삼례의 책 선물을 받고 고맙다며 옥정은 또 눈물을 보였다. 살면서 책 선물을 처음 받아봤다고 했다. 영선은 종이가 젖지 않는다는 사실이 너무 신기하다며 들고 있던 물컵을 그대로 책 위에 쏟기도 했다. 삼례는 젖지 않는 종이보다는 이런 모습으로 만나게 된 현실이 더 신기하다고 생각했다. 세 사람이 책을 가운데 두고 웃는 소리에 여러 사람이 기웃거렸다. 그날은 삼례가 가져온 물에 젖지 않는 책 이야기로 시작해서 지난주에 새로 나왔다는 치매보험에 대한 정보를 나누며 자리가 마무리되었다.

 사람들은 수영장에서 매일 새로운 이야기를 듣고 말했다. 삼례 역시 그랬다. 물론 매일 좋은 얘기만 들리진 않았다. 어떤 여자와 남자가 몰래 샤워실에 같이 들어가려다 걸려서 실버링을 반납했다는 유쾌한 이야기만 존재하면 좋았겠지만, 어제는 어떤 이가 유리잔에 비치는 얼굴에 욕심을 내다가 그만 성형수술 부작용으로 병원에 입원했다는 이야기를 들었다.

 다시 얻은 젊음은 이 수영장 안에서만 국한되는 일

이 아니었다. 삼례도 그런 이야기에 전혀 공감이 안 되는 건 아니었다. 며칠 전 마트에 갔다가 1층 모서리에 있는 수영복 매장에 무심코 시선을 빼앗겼다. 알록달록 무지개색 수영복을 만지작거렸다. 10만 9천 원이라는 가격을 듣고 괜찮다는 생각도 했다. 멀쩡한 물건이 있는데 새 물건을 들이는 건 분명히 낭비였다. 그러나 삼례는 오래도록 수영복 가게를 떠나지 못했다. 그날 이후 다른 사람들이 입고 있는 수영복을 더 유심히 쳐다보게 되었다. 이번 달에 얼마를 썼더라. 오늘도 역시 빈자리가 없는 선베드를 보며 삼례는 통장 잔고를 떠올렸다.

*

집으로 올라가는 엘리베이터에서 낯선 얼굴을 마주했다. 삼례가 누른 층을 가만히 쳐다보는 여자는 외국인 같았다. 까무잡잡한 피부와 큰 눈이 그저께 〈세계테마기행〉에서 봤던 캄보디아 사람과 닮았다. 몇 층을 가냐고 물어보자 여자는 말없이 삼례가 누른 8층을 가리키며 옅은 미소를 보았다. 엘리베이터에서 내려 도어록에 손을 올렸다. 같이 내린 낯선 이는 옆집 문을 열었다. 다시 한번 눈이 마주치고 간단히 고개만 숙여 인사를 나누었다. 그날 저녁 오랜만에 온 가족이 식탁에 앉았다. 그리고 이영이 먼저 새로 들어온 이웃에 대해 떠들기 시작했다.

"옆집 아저씨 외국 여자랑 결혼했나 봐."

이영의 말에 며느리가 거들었다.

"결혼했으면 술 좀 덜 마시려나."

"어떻게 그런 아저씨가 결혼하지? 부자인가?"

가볍기 그지없는 이영의 목소리에 삼례가 조용히 웃었다. 옆집은 오래전부터 아파트 내에서 소음으로 유명했다. 쉰이 훌쩍 넘은 남자와 노모가 함께 살았다. 옆집 남자는 하루도 거르지 않고 술을 마셨다. 술을 마시는 건 상관없지만 매일 복도가 쩌렁쩌렁 울리도록 신세한탄을 해댔다. 가끔 집안에서는 물건이 깨지는 소리가 들리거나 악쓰는 소리도 들렸다. 실제로 복도 끝에 살던 집은 혹시 애한테 해코지할까 봐 걱정된다며 올 초에 이사를 했다. 며느리의 추측대로 잠깐 조용한

가 싶더니 옆집은 금방 다시 소란스러워졌다. 덕분에 삼례의 아들은 이영에게 늦은 시간에 돌아다니지 말라는 잔소리가 늘었다.

어느 날부터 삼례는 수영장이 끝나고 오는 길이면 꼬박꼬박 옆집에 사는 외국인과 마주쳤다. 삼례가 인사를 하면 여자는 곤란하다는 듯 띄엄띄엄 말을 이었다. 한국말 잘 못해요. 삼례는 괜찮다는 듯 고개를 끄덕였다. 여자는 그 시간만 되면 장을 봐오는지 손에 매일 장바구니를 들고 있었다.

"어디서 왔어요?"

여자는 삼례의 말을 잠깐 생각하더니 엘리베이터에서 내릴 때쯤 대답을 꺼내놨다.

"필리핀."

어젯밤에도 옆집에서는 한바탕 시끄러운 소리가 들렸다. 심지어 경찰차까지 왔다. 이영의 말로는 옆집 남자가 여자를 때렸다는 것 같았다. 다음날 삼례는 필리핀에서 온 여자를 또 만났다. 이영의 말대로 여자의 볼에는 얕은 생채기가 나 있었다.

"안녕하세요."

이제는 제법 자연스러운 말투로 인사를 먼저 건네오는 여자에게 삼례는 걱정스러운 표정을 숨기고 똑같이 인사를 건넸다. 여자는 오늘도 장바구니를 들고 있었다.

"뭐 샀어요?"

삼례의 질문에 못 알아들었다는 듯 여자는 곤란한 표정을 지었다. 삼례가 장바구니를 손가락으로 가리키자 그제야 웃으며 가방을 활짝 열어 보였다. 양파, 대파 그리고 두부가 들어 있었다.

"된장찌개."

여자가 알려주는 저녁 메뉴에 삼례는 고개를 끄덕였다.

"어머니 좋아해."

여자가 말을 끝내자마자 엘리베이터가 도착했다. 문 앞에 서며 여자는 삼례를 향해 고개를 꾸벅 숙였다. 삼례 역시 여자를 향해 고개를 숙여주고는 집안으로 들어섰다.

집으로 돌아오자마자 삼례는 축축하게 젖은 수영복

을 차가운 물에 헹궜다. 수영장에서와는 달리 시린 온도에 흠칫 놀랄 때가 많았다. 방문 앞에 수건을 깔아두고 문고리에 젖은 수영복을 걸어놓는다. 수영복을 오래 입으려면 그늘에서 말려야 한다는 영선의 말에 지난주부터 그렇게 하기 시작했다. 물에 젖은 가방도 베란다에 걸어놨다. 수영장 가방 정리가 끝나면 삼례는 식탁에 앉는다. 이영이 안 쓴다고 버린 필통에서 연필을 한 자루 꺼내어 이영이 쓰다 남긴 공책에 알파벳을 옮겨 적는다. A부터 Z까지 입으로 소리를 내가며 스무 번씩 적으면 딱 두 시간이 지난다. 욕심내지 않고 매일 정해둔 양만큼만 한다. 책을 덮고서는 텔레비전을 켠다. 평소에 즐겨보는 다큐멘터리 채널을 틀어놓고 남편이 앉아서 꾸벅꾸벅 졸기를 좋아했던 의자에 편히 앉는다. 세상에는 인간 말고도 대단히 많은 동물이 살고 있었다. 그날은 반가운 동물이 화면을 가득 채웠다. 돌고래. 아침에 수영장에서 화면으로 매일 만나는 녀석들과 똑같이 생겼다.

"돌고래는 돌핀, 돌고래는 돌핀."

끝이 없는 바다 가운데서 무리 지어 돌고래들이 자

유롭게 첨벙이는 곳은 보홀섬이랬다. 이영과 둘이 저녁을 먹으면서 삼례가 이영에게 물었다.

"보홀 알아?"

"보홀? 알지. 필리핀 아닌가? 왜?"

"많이 먼가?"

"가깝진 않지. 왜? 할머니 필리핀 가고 싶어?"

삼례는 대답하지 않았다. 이영도 그런 삼례의 반응을 대수롭지 않게 여기며 계속해서 반찬을 집어먹었다. 컴퓨터학원에 새로 수강 등록을 하러 온 80세 할아버지 이야기를 하는 이영을 보면서 삼례는 머릿속으로 돌고래와 함께 수영하는 모습을 상상했다. 물론 상상 속에 있는 삼례는 '브랜뉴 스위밍클럽'의 여삼례였다.

*

삼례가 자유형 팔돌리기를 할 수 있게 됐을 시점이었다. 키오스크에 주문하려고 줄을 서 있는데 진녹색의 수영복이 눈에 익었다. 영선이 말했던 미국에서 살다 왔다는 여자였다. 주문을 마치고 자리로 가려는 여자를 삼례가 붙잡았다. 막상 붙잡아놓고 당황한 건 삼례였다. 눈썹산이 도드라진 여자가 먼저 무슨 일이냐고 물었다. 삼례는 급히 마르는 입을 한번 축이고 운을 뗐다.

"영어로 말하는 걸 배우고 싶은데……"

진녹색 수영복을 입은 여자의 이름은 영자다. 영자는 흔쾌히 삼례를 본인 테이블로 데려갔다. 영어를 배워서 뭘 하고 싶냐는 영자의 질문에 삼례는 답답한 게 싫다고 대답했다. 그때 마스터반 사람들이 레인 끝에 도착하고 화면에 초록색 글씨가 떴다. 지, 오, 오, 디, 제이, 오, 비. 차례대로 알파벳을 읽어나간 삼례가 화면을 가리키며 물었다. 저건 어떻게 읽어요? 굿 잡. 굿 잡?

"잘했다는 뜻이에요."

순간 속이 다 시원한 나머지 삼례가 크게 숨을 내쉬었다. 한숨과는 조금 결이 달랐다. 엄지를 들어 보이며 삼례를 보고 웃은 영자가 숙제를 내줬다. 하고 싶은 말을 생각해오면 영어로 어떻게 말하는지 알려주겠다고 했다. 집으로 돌아간 삼례에게는 할일이 하나 더 늘었다. 영어로 무슨 말을 하고 싶은지, 어떤 걸 읽고 싶은

지 하나씩 적어내려갔다. 영자는 친절했다. 가끔 미국에서 고생했던 이야기를 길게 늘어놔 지루할 때도 있었지만 삼례는 그래도 공짜 수업으로는 이만한 게 없다고 생각했다.

수영이 끝나고 집으로 돌아오는 길에는 옆집 외국인 여자를 만났다. 여전히 옆집 남자는 저녁이 되면 복도에서 고래고래 소리를 지른다. 처음 봤을 때보다 얼굴이 많이 야윈 것 같은 여자가 삼례는 안쓰럽게 느껴졌다.

"왓 유어 네임?"

삼례의 말에 여자의 눈이 커다래졌다. 한국어로 대답할 때와 달리 3층이 지나기도 전에 여자가 대답했다.

"리가야."

"리가야?"

"네. 리가야."

다음 질문을 이어서 하고 싶었지만 생각나는 게 없었다. 몇 살이냐고 물어보고 싶었는데 그건 아직 배우질 않았다. 삼례는 아쉬움에 수영가방끈을 꼭 쥐었다. 매일 오후 2시면 두 사람은 어김없이 엘리베이터에서 만났다.

"헬로우. 리가야."

"안녕하세요."

삼례가 영어로 인사를 하면 리가야는 한국어로 답했다.

"하우 올드 아 유?"

"이십…… 다섯?"

"두 유 해브 어 시스터?"

"나 동생 많아요. 여자."

"아 유 오케이?"

"아니. 힘들어요."

엘리베이터 안에서 매일 짧은 문장이 오갔다. 한국에서의 생활이 힘들다고 대답한 날의 리가야는 엘리베이터에서 내리기 직전 삼례의 손목을 붙잡았다.

"나 힘들어."

"힘들어?"

"…… 어머니 안 돼. 화나."

삼례가 유추하기로는 시어머니에게 자신이 한 말을 전하지 말라는 뜻 같았다. 리가야가 걱정하는 일은 일어날 리 없었다. 리가야의 시어머니는 벌써 몇 년을 옆집에 살았지만 마주칠 때마다 삼례가 인사를 하면 들은 척도 하지 않고 들어가는 여자였다. 삼례도 몇 번 거절당하고는 이제 알아서 모른 척하고 살았다.

"돈 워리."

삼례의 대답에 활짝 웃은 리가야가 엘리베이터에서 내렸다. 요즘은 현관문을 닫기 전 삼례에게 입 모양으로 인사를 건넨다.

"바이."

문틈으로 들려오는 날카로운 목소리에 삼례는 흠칫했지만, 조용히 손을 흔들어주며 대답했다.

"바이."

*

팔 떨어지지 않게. 어깨 활짝 열고! 강일의 목소리가 수영장 안에 쩌렁쩌렁 울렸다. 기초반 사람들이 드디어 킵판에서 벗어났다. 삼례 역시 팔로 물을 저어가며 조금씩 앞으로 나아갔다. 25미터 끝에서 숨을 헐떡이며 서 있는 사람들은 중급반 사람들을 구경했다. 중급반에 올라가면 수영하는 모습을 촬영해준다. 스낵바 오른편에 있는 모니터에 본인 이름을 입력하면 볼 수 있다. 이제 겨우 양팔과 다리를 활용해 물을 젓게 된 사람들에게 영법을 촬영하는 건 언감생심이었다. 중급반 사람들을 부럽게 쳐다보는 회원들을 향해 강일이 손뼉을 치며 응원했다. 할 수 있어요. 다음달엔 다 같이 올라갑시다. 강일의 응원이 무색하게 1주일 후 수영장은 급하게 문을 닫았다. 들리는 바로는 누군가 시청에 신고했다고 했다. 본인은 매달 수강 신청을 하는데 한번도 당첨이 되지 않았다는 게 이유였다. 강일은 의도치 않게 마지막 수업이 돼버린 날 아쉽다는 듯 이야기했다. 별문제는 없을 겁니다. 조사가 끝나면 다시 문 열 거예요. 잠깐 쉬셨다가 오시면 훨씬 재밌을 겁니다. 그때까지 건강만 하세요. 특유의 호탕한 웃음은 마지막 날까지 여전했다. 삼례도 아쉬운 마음에 그날은 이용 시간을 꽉 채워서 앉아 있었다. 마지막 날 전광판 모서리에 적힌 문장을 더듬더듬 읽었다. 씨…… 유…… 문장을 마무리하지 못하면 옆에서 영자가 삼례를 도왔다. 씨 유 어게인. 다시 만나자는 뜻이라고 했다. 수영장이 재개장을 하게 되면 다시 만나자고 옥정과 영선과도 인사를 나누었다. 그러나 그 누구도 수영장 밖에서 만나자는 이야기는 꺼내지 않았다. 대부분의 이들이 그랬다. 모두 수영장 안에서 다시 만날 것을 약속했다.

이영은 삼례와 같은 달에 수영을 등록했다. 이영 역시 집에서 가까운 브랜뉴 스위밍클럽을 다니고 싶었지만, 가격이 너무 비싸다는 이유로 집에서 30분 거리에 있는 올림픽수영장에 등록했다. 올림픽수영장은 노인과 성인 구분 없이 모두 5만 원이었다. 수영장이 언제 다시 개장할지 모르는 일이니, 이영은 본인이 다니는 수영장으로 옮기는 게 어떻겠냐 제안했다.

"근데 만 70세 이상은 상담 후에 등록이 가능하대. 상담 어떻게 하는지 전화해볼까?"

이영의 말에 삼례는 고개를 저었다. 결과를 예상할

수 없는 상담이 탐탁지 않았다. 고작 두 달이 지났을 뿐인데 삼례는 조용해진 새벽이 어색했다. 엊그제 이영의 제안을 너무 쉽게 거절해버린 건 아닌지 고민도 했다. 눈을 뜨자마자 삼례를 기다리는 건 여전히 핸드폰이다. 정확히 새벽 5시였다. 문자가 한 통 와 있었다.

안녕하세요, 회원님. 브랜뉴 스위밍클럽입니다.
이번달 폐장으로 인해 이용에 불편함을 끼쳐 죄송합니다.
이른 시일 내에 정비 후 개장하겠습니다.
재개장하는 달에는 평소에 추첨 인원보다 두 배 수를 추첨할 예정입니다.
더 편리한 모습으로 돌아오겠습니다.
많은 신청 바랍니다.

문자 아래에는 재개장 시 등록 응모 링크가 첨부되어 있었다. 아래 링크를 누르시면 자동으로 응모 화면으로 넘어갑니다. 삼례가 링크를 누르자 반가운 돌고래가 화면 가득 등장했다. 첨벙첨벙첨벙 물 밖과 안을 오가던 돌고래 머리 위로 큼지막하게 글자가 지나갔다. 동시접속자 수 652명. 잠시만 기다려주세요. 돌고래가 몇 번을 더 몸을 휘고 난 뒤에 화면이 떴다.

여삼례님, 브랜뉴 스위밍클럽 재개장 시 등록권 추첨에 응모하시겠습니까?

삼례는 몸을 일으켜 앉았다. 오랜만에 손바닥에 올려놓은 화면을 뚫어져라 쳐다봤다. 파란 불빛이 빙빙 도는 네모난 칸을 눌렀다.

네!

삼례는 수영장에 가던 시간에 다시 아파트 주변에 있는 천변을 걸었다. 앞뒤로 힘차게 팔을 올리며 힘을 주어 걸었다. 아파트 단지 입구에는 여전히 아랫집 할머니가 자리를 지키고 있었다. 삼례 역시 그냥 지나치지 않고 안부를 물었다.
"얼굴이 더 좋아지셨어요."

"오랜만이네. 도통 안 보이더니. 고와. 오늘도 고와."

가볍게 인사를 나누고 단지를 벗어나려던 삼례가 걸어갔던 길을 다시 돌아왔다. 떨어진 꽃잎이 낭자한 벤치에 자리를 잡았다. 삼례가 자리에 앉자마자 아랫집 할머니는 아파트 화단에 대한 불만을 늘어놓았다. 예전에는 이맘때면 제비꽃이 바닥에 부―옇게 깔렸는데 말이야. 다 없앴어. 그뒤로도 삼례는 아랫집 할머니의 말을 한 시간 넘게 듣다가 자리에서 일어났다. 한 시간 사이에 호칭도 변했다. 아랫집 할머니에서 형님이 되었다. 형님, 그래서 성함이 어떻게 되신다고 했죠? 저도 자꾸 까먹어서. 이튿날 삼례는 또다시 아랫집 형님과 이야기를 나누었다. 새로 온 경비아저씨의 칭찬을 한 시간 정도 듣고 나서 천변도 걸었다. 하우 아 유 투데이, 굿 잡, 돌핀, 스위밍, 머니, 돈 워리. 잊고 싶지 않은 것들을 외우며 걷고 또 걸었다. 원하는 만큼 걸은 후에는 집 근처에 있는 카페에 들어갔다. 키오스크 대신 사람이 주문받는 가게라니. 삼례는 되레 조금 당황해서 카페 안을 두리번거리다 어서 오십시오―, 하고 밝게 웃는 사장 앞에 섰다. 플랫화이트를 주문했다. 사장이 달지 않다고 두 번이나 강조했지만 괜찮다고 대답하며 주문을 마쳤다. 가격도 수영장보다 5천 원 정도 더 저렴했다. 햇볕이 잘 드는 창가에 앉았다. 조용히 커피를 마셨다. 수영장 안에서 먹던 플랫화이트와는 맛이 조금 달랐다. 정확히는 향이 조금 달랐다. 미묘한 락스향이 빠진 진정으로 고소하고 향긋한 커피맛이었다.

하늘에 떠 있는 햇빛을 온몸으로 맞이했다. 뼛속까지 채워지는 따뜻함이 좋았다. 물속에 있을 때와는 다른 개운함이 있었다. 수영장을 못 나가게 된 이후로 서점에서 책 한 권을 더 샀다. 바로 써먹을 수 있는 영어라는 제목에 덥석 집어들었다. 알파벳은 읽어도 아직 단어를 읽는 건 어렵기만 한 삼례에게 아주 적당한 책이었다. 문장 아래에 한글 발음이 친절하게 적혀 있었다. 물론 참깨만한 글씨에 돋보기를 끼고도 눈을 가늘게 떠야 보였지만 영자의 부재를 채워주는 용도로 나쁘지 않았다.

수영장을 다니지 않는 것뿐인데 하루가 완전히 달라

졌다. 새벽같이 산책하러 나갔다 오면 시간이 많이 비었다. 삼례는 가족들과 아침을 먹고 설거지를 한 후에 다시 식탁에 앉았다. 알파벳과 영어단어를 쓰는 시간이 길어졌다. 점심을 먹기 전까지 열심히 공책에 곡선이 가득한 글자들을 적어나갔다. 간단하게 점심을 챙겨 먹고는 다시 천변으로 나간다. 아침에는 조금 옅었던 햇볕의 선이 굵어졌다. 30분쯤 걷고 난 뒤에 삼례가 걸어다니는 산책로 중간에 위치한 카페에 들른다. 무거운 유리문을 열고 들어가면 삼례를 알아본 사장이 밝게 웃으며 맞이했다.

"플랫화이트, 맞으시죠?"

"오늘은 다른 걸 먹어볼까봐요."

"그럼 제가 오곡라떼 새로 개발했는데 그기 드셔보실래요?"

"좋아요. 그걸로 주세요."

매일 앉는 자리에 앉아 집에서 챙겨온 책을 펼쳤다. 사장님이 추천해준 커피를 마셨다. 플랫화이트가 더 입에 맞는다고 생각했다. 내일부터는 다시 플랫화이트를 마시겠다고 생각한 삼례의 책 위로 그림자가 드리였다. 창밖에서 어떤 노인이 걸어가다 카페 안으로 들어섰다. 머리가 하얗게 센 할아버지였다. 노인치고 키가 매우 컸다. 옆구리에는 책을 끼고 있었다. 일러스트 기초. 큼지막한 글씨로 그렇게 적혀 있었다. 삼례가 다시 책으로 시선을 돌리려는데 주머니에 있던 핸드폰에서 문자가 오는 소리가 들렸다. 뒤이어 주문을 마치고 삼례의 건너편 테이블에 앉아 있는 노인의 옷 주머니에서 카페와 잘 어울리는 재즈 음악이 흘러나왔다.

"예, 제가 김강일입니다."

익숙한 이름에 삼례의 고개가 들렸다. 통화하는 노인과 눈이 마주쳤다. 상대가 먼저 모자를 들썩이며 눈인사를 건넸다. 살짝 벗어낸 모자 아래 두피가 반짝였다. 삼례 역시 간단히 눈인사만 나눴다. 테이블 위에 올려두었던 삼례의 핸드폰에서도 알림음이 났다. 문자가 왔다.

브랜뉴 스위밍클럽 재개장.
브랜뉴 스위밍클럽 실버클래스에 '당첨'되셨습니다.
오래 기다려주신 회원 여러분 진심으로 감사합니다.

다음달 1일, 더 새로워진 브랜뉴 스위밍클럽을 만나보세요!

문자를 확인한 삼례는 핸드폰을 다시 엎어났다. 그러고는 읽던 영어책을 마저 작은 소리로 읽어내려갔다.
"나이스 투 씨 유 어게인…… 나이스 투 씨 유 어게인……"

*

수영장이 다시 개장했다. 삼례는 수영장에 가기 전, 잠에서 헤어나오지 못하는 손녀부터 깨웠다. 이영은 1주일 전에 새로운 회사로 첫 출근을 했는데 벌써 그만두고 싶다는 말을 달고 산다. 이영이 짜증스럽게 욕실에 들어가는 모습을 보고 나면 삼례는 전날 밤 현관문 앞에 싸놓았던 수영가방을 들고 나섰다.

초급반 사람들은 아는 사람이 반, 모르는 사람이 반이었다. 다행히 영선과 옥정을 다시 만날 수 있었다. 새로 들어온 사람들은 역시나 첫날 강습이 시작되기 전에 물속으로 빨려들어갈 것처럼 젊어진 얼굴을 감상하기 바빴고 이미 시설이 익숙한 사람들은 입장도 하기 전에 실버링을 충전하려고 줄을 서 있었다. 삼례가 제일 기다렸던 인물은 역시 영자였다. 영자 역시 중급반 레인 앞에서 몸을 풀고 있었다. 나이스 투 씨 유 어게인. 영자가 건네는 커피를 받아들며 삼례가 한 말이었다. 영자는 앞니가 모두 드러나도록 환히 웃으며 크게 박수를 쳤다. 굿 잡.

수영을 마치고 집으로 돌아가면 늘 2시 근처였다. 영자에게 배운 표현을 중얼거리며 아파트 엘리베이터 앞에 선 삼례 옆에 리가야가 서 있었다. 한동안 수영장을 나가지 않아 리가야를 마주친 것도 굉장히 오랜만이었다.

"리가야, 하 와 유?"

"좋아요."

매번 힘들다는 말과 달리 새로운 리가야의 대답에 삼례가 놀라 다시 물었다.

"좋아?"

"응, 좋아요."

"굿."

"네, 구웃."

엄지까지 들어 보이며 대답하는 리가야를 보니 삼례도 덩달아 기분이 좋아졌다. 장바구니 밖으로 길게 늘어진 대파가 보였다. 삼례는 며칠 전부터 반복해서 외웠던 문장을 드문드문 떠올렸다.

"왓츠…… 포…… 디너?"

리가야는 대답할 한국어가 잘 생각이 안 나는지 커다란 눈을 꼭 감고서 고민하다가 고개를 갸웃거리며 대답했다.

"뼈 끓여요."

"사골?"

"맞아 그거. 사골. 말 어려워."

삼례와 리가야가 거의 매일 엘리베이터에서 만나 나누는 말들은 보통 한 문장이고 길어봤자 세 문장을 넘어가지 못했다. 그러나 삼례에게 하루의 모든 대화 중 가장 농도가 깊은 것은, 다름 아닌 리가야와의 대화였다. 가장 진심을 담아 한 자 한 자 꼭꼭 씹어 뱉어내는 말. 진정으로 상대의 안부를 묻는 대화. 엘리베이터에서 내린 리가야는 언제나 그렇듯 입 모양으로 인사말을 전하며 삼례에게 손을 흔들고 현관문을 열었다. 바이. 삼례 역시 리가야에게 손바닥을 내보이며 양옆으로 느리게 저었다. 바이.

다음날 아침, 어김없이 수영장에 가기 위해 서둘러 집을 나선 삼례는 영자에게 물어볼 질문을 적어놓은 수첩을 살피며 엘리베이터에 몸을 실었다. 이섭에게 길을 걸으며 핸드폰을 보지 말라는 잔소리를 한 적이 있었는데 이제야 그 마음이 조금 이해가 갔다. 재밌고 궁금한 걸 손에서 놓는 건 쉬운 일이 아니었다. 영어로 배우고 싶은 내용을 입으로 외워서 가는 데는 한계가 있었다. 날이 갈수록 단어의 개수도 문장도 늘어갔다. 탈의실에서 옷을 다 벗고도 수첩에 적은 내용을 끝까지 읽다가 재빠르게 샤워실로 향했다. 머리 위에서 희뿌연 연기가 터지는 걸 볼 때까지 입으로 질문할 거리를 중얼거리다 따뜻한 물에 몸을 흠뻑 적신 뒤 매끈해지는 피부를 확인하면 까먹지 않을 거라는 확신이 들었다. 씻고 나왔을 때는 마찬가지로 재빠르게 탈의실로 들어와 까먹기 전에 물에 젖은 손으로 노트에 옮겨 적었다. 아예 수첩을 들고 수영장에 들어갈까 생각도 해봤지만, 둘 곳이 마땅치 않을뿐더러 살짝 머리가 아픈 것 같은 느낌이 희한하게도 기분 좋게 느껴졌다. 엘리베이터가 1층에 도착하자 어쩔 수 없이 외투 주머니에 수첩을 집어넣던 삼례는 아파트 1층 현관에서 의외의 인물을 마주했다. 어깨에는 삼례가 들고 있는 수영장 가방보다 작은 가방을 멘 채 차에 올라타려던 리가야였다. 한번도 이 시간에는 마주친 적이 없었다. 해가 길어지는 바람에 아침도 봄보다 훨씬 빨리 찾아와 조금 푸른 감이 남아 있긴 해도 차 앞에 서 있는 게 리가야임은 확실히 알아볼 수 있었다. 지난주에도 리가야의 남편은 술에 잔뜩 취해 집에서 소리를 질러댔다. 그 소리를 참지 못한 이영이 벽을 주먹으로 내려치며 화를 내기도 했었다. 잠 좀 자자! 아들은 그런 이영을 급히 말렸다. 괜한 시비에 휘말리기 싫다는 이유에서였다. 삼례는 그다음날 엘리베이터에서 리가야를 마주치자마자 리가야의 얼굴부터 살폈다. 다행히 눈에 띄는 상처는 없어 그나마 안심하면서 내렸었다. 삼례는 리가야가 이른 아침부터 어디를 가는 건지 궁금해 가까이 다가갔다. 굳은 표정으로 승용차에 올라타려던 리가야가 삼례를 발견하고 앞으로 걸어왔다. 리가야는 높은 아파트를 한번 올려다보고 삼례의 얼굴을 바라봤다.

"나 집에 가요."

말이 끝나기가 무섭게 검지손가락을 입 앞에 가져다 대는 리가야를 본 삼례는 천천히 고개를 끄덕였다. 리가야와 똑같이 입 앞에 검지손가락을 가져다대며 머릿속으로 급히 떠오르지 않는 단어를 쥐어짜냈다.

"돈 워리."

삼례의 대답에 리가야가 환히 웃었다.

"고마워요."

삼례는 짧은 대화를 나누는 와중에도 아파트 위를 힐끔힐끔 쳐다보는 리가야의 등을 차를 향해 떠밀었다. 굿 잡, 굿 잡. 삼례가 조용히 속삭이듯 말했다. 떠밀기와 토닥이기 사이의 힘. 그 힘에 밀려난 리가야가 차에 구겨지듯 올라탔다. 운전석에 앉은 사람 역시 리가야와 비슷한 얼굴을 가지고 있는 여자였다.

"노 씨 유 어게인, 오케이?"

다시는 만나지 말자는 말을 하고 싶었다. 다행히 삼례의 말을 알아들었는지 리가야의 눈가가 빨개졌다. 이리저리 상처 난 손등이 주름진 손등을 꼭 잡았다. 리가야가 고개를 끄덕이며 소리 내 인사했다.

"바이."

"바이."

아파트 단지를 벗어나는 차 뒤꽁무니를 지켜보던 삼례도 아무 일 없었다는 듯 발걸음을 옮겼다. 수영장에서 오늘부터는 배영을 배운다고 했다. 걸어가다가 문득 뒤를 돌아본 삼례는 아무래도 오늘 영자에게 물어보려고 했던 문장을 바꿔야겠다고 생각했다. 재밌었다는 말과 그리울 것이라는 말은 어떻게 하는 것인지 물어보고 싶었다. 아직 배울 것이 많이 남았다. 수영장을 향해 걸을수록 갑작스레 겪은 이별이 서서히 당황스러웠다. 문득 아파트를 향해 뒤돌아보고 싶은 마음이 있었지만 삼례는 단 한 번도 돌아보지 않고 앞으로 힘차게 걸었다. 부디 리가야와 둘이 인사 나눈 모습을 아무에게도 들키지 않았기를 바라며, 앞만 보고 걸었다.

우리와 함께하시겠습니까

우두둑― 우두둑― 기지개를 켜면 밤새 늘어져 있던 뼈마디가 맞춰지는 소리가 났다. 강일은 자리에서 일어나자마자 아직은 컴컴한 방의 천장을 멍하니 바라봤다. 시계를 쳐다보지 않아도 시간을 알 수 있었다. 새벽 5시 부근일 거다. 35년간 해양경찰로 근무하면서 몇 시에 잠들던 이쯤 눈을 뜨는 게 일상이었던 습관은 여든이 다 될 때까지 남아 있다. 강일은 아직도 가끔 아파트가 어색했다. 아파트로 들어와 가장 적응이 안 됐던 것은 빛으로부터 확실하게 차단될 수 있다는 점이었다. 창문을 열어봤자 똑같이 생긴 아파트만 존재했다. 아내가 죽기 전 함께 살았던 바닷가 마을의 조그만 단층주택에서는 이맘때쯤부터 어슴푸레 창가가 푸르게 변했다. 강일은 그곳에 계속 살고 싶었다. 아내와 스무 살에 만나 아이 없이 40여 년을 행복하게 살았던 공간을 쉽게 떠나기가 어려웠다. 그러나 좁은 바닷가 마을에는 마땅히 오갈 병원 하나 없었다. 건강검진을 받으려면 한 시간 동안 버스를 타고 큰 도시로 넘어가야 했는데 해가 지날수록 동네 사랑방인 기원보다 병원 갈 날이 늘었다. 큰 조카의 끈질긴 설득에 일흔이 다 되어 도시생활을 시작했다.

눈을 뜨자마자 하는 일은 식탁에 앉아 모서리에 놓여 있는 공책을 펼치고 연필을 잡는 것이다. 날짜를 쓰고 일어난 시각을 적었다. 그리고 그 아래 일기를 빙자한 편지를 써내려갔다. 처음에는 날이 어떻게 지나가는지 돌아보려고 적기 시작했던 게 이제는 꼭 필요한 시간이 되었다. 전부 화연에게 쓰는 이야기였다. 연필을 들었을 때, 혹은 그전에라도 생각해뒀던 이야기를 빼곡히 적어내려가면 일방적이긴 해도 완전히 혼자된 기분은 조금 지워낼 수 있었다.

금요일

공허해서 자꾸 몸을 쓰게 돼. 무릎에 멍이 생겼는데 1주일째 사라지질 않네. 당신이 그랬던 것처럼 매일 집을 손걸레로 닦고 있어. 색이 죽었던 당신 무릎이 생각나서 혼자 걸레를 쥐어짜면서 웃어버렸네. 하루만 지나도 뽀얗게 먼지가 쌓여. 둘이었을 땐 얼마나 더 빨리 쌓였을지 상상도 안 가.

토요일

골다공증검사가 예약이 밀려 11월에나 가능하다더군. 내가 그때까지 살아 있을지 모르는데 말이야.

강일의 아내 화연은 오래도록 그림을 그렸다. 눈을 감는 날까지 그림으로 이름을 널리 알리진 못했지만 강일에게만큼은 제일가는 화가로 남았다. 강일은 쉬는 날 화연과 그림 그리는 것을 즐겼다. 보통 화연이 그린 그림을 흉내 내는 데 그쳤다. 화연은 그리고 싶은 걸 그려보라고 조언했지만 강일은 도무지 머릿속에 떠오르는 게 없었다. 그렇게 화연이 완성해놓은 그림을 옆에 두고 강일은 두꺼운 종이 위에 무성의하게 깎은 연필을 휘저었다. 그 옆에 나란히 자리잡은 화연은 새로운 그림을 그렸다. 화연은 강일에게 말했다.

"나보다는 당신이 조금 더 소질이 있는 것 같아."

강일은 그럴 때마다 이리저리 뻗어나가는 연필을 멈추지 않고 웃으며 물었다.

"그럼 나 배 그만 타고 그림 그릴까?"

화연은 강일의 질문에 담백하게 물었다. 일이 많이 힘들어? 강일은 화연의 물음이 다 완성되기도 전에 고개를 저으며 대답했다. 아니. 강일이 평생 화연에게 했던 거짓말 중 가장 큰 거짓말을 꼽으라면 단연 그 대답일 거다. 홋줄이 얼굴에 엉킨 채 발견됐던 동료의 얼굴이 뜬금없는 순간에 떠오르는 날이 있었다. 물에서 사람을 건지는 일이 드물지 않은 직업임에도 강일의 머릿속에는 유독 그 얼굴이 잊히지 않았다.

"나는 은퇴하면 물 근처도 가지 않을 거야."

"당신 마음대로 해."

그저 그런 다짐이나 늘어놓으며 뜬금없이 떠오르는 얼굴을 지워내고 뛰는 심장을 가라앉혔다. 일할 때를 생각해보면 분명 은퇴만을 기다렸다. 날을 받아놓고 죽어가는 사람처럼 일을 다녔다. 그것도 벌써 30년 전 기억이다. 이제 와서 생각해보면 어떤 것을 미워하는 데에도 분명히 힘이 필요하다는 걸 깨달았다. 강일은 물이라면 지긋지긋했다. 분명 그랬었다.

  화연이 세상을 떠난 이후에도 강일은 그림을 그렸다. 화연의 그림을 모두 세 번씩이나 따라 그렸다. 그 후로 강일은 자기 생각으로 연필을 움직일 수밖에 없었다. 더는 따라 그릴 그림이 존재하지 않아서 어쩔 수 없었다. 아파트 단지 근처에 있는 문구점에 가서 손바닥보다 조금 더 큰 공책을 샀다. 연필을 끄적이기도 화연에게 쓰는 일기를 적기에도 적당한 크기의 공책이었다.

월요일

이제야 혼자 사는 삶에 적응한 것 같기도 하다가 당신에게 쓴 일기들을 보면 또 아닌 것 같기도 해. 나도 나를 잘 모르겠네. 이 나이가 되어서도 모르면 나는 언제쯤 나를 알 수 있는 거지? 당신은 이제 좀 당신에 대해 알고 있나?

강일은 화연이 좋아했던 방울토마토를 사다 그릇 가득 씻어놓고 그 모양을 공책의 절반을 차지하도록 그렸다. 흑연색으로 그린 동그라미들을 보며 강일은 조용히 웃었다. 화연이 있었더라면 분명 그렇게 얘기했을 거다. 돌멩이가 마치 방울토마토같이 생겼네. 그 목소리가 들리는 것만 같아 강일은 조용히 공책을 덮었다.

*

 강일은 예순에 정년퇴직하고 마을에서 소일거리를 찾아다녔다. 가만히 집에 앉아 있기에는 혼자 살게 된 집이 너무 적막하기도 하고 동네에 계신 어르신들에 비해 강일은 젊은 편이라 이곳저곳에서 부름을 많이 받았다. 방 두 개, 화장실 하나, 작은 소파로 꽉 차는 거실 하나인 이 아파트에 들어오고 나서도 강일은 계속해서 일거리를 찾았다. 수십 년간 배를 타며 몸이 수평을 이룬 적이 없어 그런지 집에 가만히 들어앉아 있는 건 성미에 맞지 않았다.

　아파트에 살게 되면서 편한 점을 꼽자면 분리수거가 간편하다는 거였다. 예전에 살던 동네에선 분리수거를 하는 곳이 집에서 멀리 떨어져 있어 매번 한 짐을 꾸려 버리고 오기 일쑤였는데 아파트에서는 정해진 날에 주차장으로 들고 내려가 버리고 오면 되니 그만큼 간단한 일이 없었다.

　이사를 오고 나서 2주쯤 지났을 무렵 옆 동에 사는 만수와 인사를 나눈 강일은 가끔 단지 내 등나무 밑 벤치에 앉아 이야기를 나누었다. 만수는 강일과 달리 태생부터 도시 사람이었다. 바닷바람과 햇볕에 그을린 까무잡잡한 피부의 강일과 달리 뽀얗기만 한 만수는 우체국에서 창구 업무를 보다가 정년퇴직을 한 지 15년이 되었다고 했다. 두 사람의 관심사는 하나뿐이었다. 일하고 싶어 했다.

　형님, 여기는 따로 일 불러주는 데가 없죠? 강일이 넌지시 물으면 만수는 고개를 저으며 이 나이에는 이제 찾기 힘들다는 말만 여러 번 대답했다. 기껏해야 아파트 동대표 자리인데 그마저도 이 아파트에 오래 자리잡고 있던 사람들이 편법을 써가며 버티는지라 진입하기가 여간 어려운 일이 아니라고 했다. 만수는 그런 식으로 연임하는 동대표를 강일 앞에서 서슴없이 가끔 흉봤다. 그러던 어느 날 만수가 기쁜 걸음으로 걸어오더니 동대표의 소개로 일자리를 얻었다고 했다. 백화점에서 물건을 받아다가 지하철을 타고 옮겨만 주면 된대. 부지런히 돌아다니면 하루에 3만 원도 벌 수 있다며 손자 과잣값 걱정은 안 해도 된다고 좋아하는 만수를 보며 강일은 진심으로 부러워했다. 한편으로 그런 일은 들어와도 어려울 것 같다는 생각도 했다. 한평생 바다 근처에서만 살았던 강일이 도시에서만 산 만수만큼이나 지하철 지리를 잘 알고 있을 리 만무했다. 한참 후에 등나무 아래에서 만난 만수는 통통했던 볼이 쏙 빠진 채 등장했다. 형님, 일이 많이 힘들어요? 집에서 들고 내려온 시원한 매실차를 종이컵에 담아 건넨 강일을 보며 만수가 또 고개를 저었다.

"치열해 아주. 새벽 6시에 가서 기다려도 줄이 한참이야."

다들 부지런하게 산다며 허벅지를 쓸어내린 만수가

단숨에 종이컵을 비워냈다. 만수는 다시 한번 컵 가득 매실차를 따라냈다. 벌써 석 잔째였다.
"자네 경비 일 관심 있나?"
만수와 친한 동대표의 조카가 옆 동네 관리소장으로 취임했다. 워낙 하고 싶어 하는 사람이 많은 일자리라 아는 사람들을 통해 추천받는다고 했다. 강일은 금방 매실차를 비워낸 만수의 종이컵을 다시 가득 채웠다.

만수가 소개해준 아파트 관리소장은 강일의 해양경찰 근무 이력을 마음에 들어했다. 해양경찰은 무슨 일 합니까? 볼펜심에서 나오는 찌꺼기를 메모지에 문질러대며 묻는 관리소장의 질문에 강일은 땀이 찬 손바닥을 허벅지에 문지르며 조업 선박 순찰하는 일을 했다고 대답했다. 많이 먹어봤자 예순이 되었을 앳된 얼굴의 관리소장은 흡족한 얼굴로 이 조그만 아파트 단지 순찰하는 건 일도 아니겠다며 볼펜을 검지와 중지 사이에 두고 풍차처럼 빙글빙글 돌려댔다. 그렇게 도시로 이사온 지 1년이 훌쩍 넘었을 때, 강일은 일자리를 얻었다. 정신없는 와중에도, 정신이 없기 때문에 틈이 날 때마다 잊지 않고 싶은 것들을 기록했다. 이리 저리 두서없는 기록 사이에 화연에게 전하는 말도 있 었다.

화요일
하고 싶다는 마음만으로 모든 일이 잘되면 얼마나 좋을까. 요즘에는 뭘 하려고만 하면 배가 아파. 어제는 정말로 곤란할 뻔 했네. 단지에 노인들이 적지 않더군. 노인정에 인사를 갔다가 문득 그런 생각이 들었어. 당신은 너무 짧게 있다가 떠났다는. 날씨가 이렇게 좋은데 당신은 뭐가 그리 급했을까. 근무하는 아파트 동 앞에 이렇게 멋진 나무가 있어. 내가 그린 것보다 수백 배는 멋있는데, 당신이 그렸다면 정말 멋졌을 텐데. 그랬을 텐데.

 다행히 채용은 되었지만 할일이 어마어마하게 쏟아 졌다. 아파트 단지 구조를 외우는 것부터 시작해서 기본적인 경비 교육도 받아야 했고 부녀회장부터 노인회장, 총무, 감사, 아파트 관리실 직원들을 모두 소개받아야 했다. 다만 모두가 힘들어한다는 교대근무 부분에서 강일은 남다른 자신감이 있었다. 한번 배를 타면 5일씩 3교대로 일했다. 낮이고 밤이고 비상이 걸리면 벌떡 일어나 달려나가는 게 일상이었다. 경찰로 근무하는 수십 년 동안 밥 먹듯 해왔던 것이니 당연히 잘해낼 거라 생각했다.

현실은 강일의 생각과 조금 달랐다. 이미 은퇴한 지 10년이 지난 후였다. 그물을 걷거나 해초를 말리는 것 같은 소일거리와는 차원이 다른 노동강도에 첫 야간근무를 하는 날에는 그만 의자에 기대어 두 시간을 넋 놓고 잠이 들었다. 꾸벅꾸벅 졸다가도 가끔 조그만 책상 위에 놓인 손거울에 비치는 경비복이 강일은 마음에 들었다. 파란 셔츠 위에 이름이 새겨진 부분을 손끝으로 꾹꾹 눌러가며 자세를 다잡곤 했다. 강일이 경비 업무를 하면서 가장 마음에 들었던 건 동네 사람들과 인사를 하는 것이었다. 바닷가 마을에서 살 때는 동네 사람들 집안에 무슨 일이 있는지 다 알았지만, 아파트로 이사온 이후부터 일상에서 대화가 눈에 띄게 줄었기 때문이다. 화연에게 쓰는 일기를 멈출 수 없는 이유도 거기에 있었다. 그래서 만수가 말을 걸어왔을 때 몇 배로 더 기쁘게 다가갔는지 모른다. 몸이 고단한 것도 있었지만 사람들을 많이 마주칠 수 있는 시간이라 강일은 주간근무를 선호했다. 그렇지만 이야기는 할 수 없었다. 해가 떠 있을 때 일하고 싶은 건 누구든 마찬가지일 터라 규칙적으로 할일이 있다는 것 자체가 감사할 따름이었다.

처음에 일자리를 소개받았을 땐 단순히 순찰 업무가 중심인 줄 알았으나 그 실상은 달랐다. 순찰은 물론이고 재활용 쓰레기를 내놓는 날엔 그 주변 정리를 시간마다 돌며 해야 했다. 부재중인 아파트 주민들의 택배를 보관해주기도 하고 분실이라도 하는 날엔 CCTV를 돌려가며 그 행방을 끝까지 추적해야 했다. 이중주차나 외부인 차량을 발견하면 그 차가 나갈 때까지 계절에 상관없이 비가 오나 눈이 오나 그 앞을 지키고 서 있어야 하기도 했고 길 가다 만난 입주민이 무작정 쓰레기봉투를 버려달라고 쥐여주거나 대뜸 아이를 맡기고 자리를 뜨는 경우도 생겼다.

그렇게 아파트 경비 업무도 5년을 봤다. 그마저도 처음에는 마흔 명으로 시작했던 경비들이 인원 감축으로 해를 지나며 절반으로 줄어갔다. 주야 교대는 사라지고 주간 근무자만 두었다. 두 사람당 한 동을 담당하던 것이 어느새 한 사람당 아파트 세 동을 담당하고 있었다. 우여곡절이 많았지만 그래도 강일은 일할 수 있다는 기쁨이 더 컸다. 강일이 맡은 10동 708호의 둘째가 유치원 가는 버스에 몇 시에 타는지 알 정도로 동네 사람들과 가까워졌을 때쯤이었다. 아파트 관리소장이 바뀌었다. 이전에도 두 번 바뀌긴 했었으나 새로 온 관리소장은 이전의 관리소장들과 비교하면 젊은 편에 속했다. 쉰이 조금 넘는 관리소장은 첫인사를 하는 대면식에서 본인보다 스무 살은 족히 넘는 경비들을 눈을 가늘게 뜨고 위아래로 훑으며 중얼거렸다. 몸도 성치 않아 보이는데 아파트를 어떻게 지킨다는 건지. 하필이면 가장 왼쪽에 서 있던 강일만 그 소리를 들었다. 강일은 필사적으로 못 들은 척했다. 그래야 할 것 같았고 그러고 싶었다. 그날따라 무거운 두 눈을 끔벅이며 느리게 주먹만 쥐었다 폈다를 반복했다.

  새로운 관리소장이 취임한 지 한 달도 지나지 않아 갑작스레 동대표회의가 소집되었다. 안건은 새로운 보안업체 계약이었다. 구실이 좋았다. 지금 아파트와 계약한 경비들의 임금보다 보안 대행업체와 새로 계약하는 것이 더 저렴하다는 게 이유였다. 관리소장은 회의에서 '젊은 인력'을 강조했다. 아파트 보안에 힘써야 할 경비들이 고령이면 정말 위험한 상황이 닥쳤을 때 그 쓰임을 다하지 못할 것이라는 걸 거듭 반복했다. 설명을 듣고 있는 주민들은 난감하다는 사람이 절반, 관리소장의 말에 일리가 있다는 사람 절반으로 나뉘었다. 관리소장은 이마가 시뻘게질 정도로 동대표들 앞에서 이미 마음에 둔 계약업체에 대한 장점만을 늘어놓았다. 말을 끝낼 때쯤에서야 여유를 되찾고는 두툼한 팔뚝을 가슴 앞에 교차시키며 책상 위에 널브러진 기존 경비원들의 계약서를 턱짓으로 가리켰다.

"막말로, 여기 내가 사는 것도 아닌데 뭘. 내가 나 좋자고 이래요?"

단지 내에서 마주칠 때마다 미안하다는 얼굴을 하고 지나가는 동대표들을 보며 짐작하긴 했지만, 정말 계약기간이 끝날 때가 다가오니 명찰과 작업복을 반납하라는 연락이 왔다. 말이 좋아 계약 종료지, 사실상 쫓

겨나는 거나 다름없었다. 이제 조금 적응이 되나 싶었더니 다시 삭막해지는 도시생활에 강일의 입안은 그뒤로도 한참 동안 씁쓸하기만 했다. 추후에 소문으로는 관리소장이 용역업체로부터 리베이트를 받았다고 했다. 정말 그 때문인 건지, 아니면 다른 이유가 있는지는 몰라도 강일이 일을 그만두고 머지않아 관리소장이 바뀌었다는 소식이 들렸다. 강일은 또 한번 허탈함을 느껴야 했다. 이미 끝까지 남아 있던 열 명의 경비원들이 일터를 잃고 난 후였다. 아파트 경비를 그만두고 나서 집에 있는 시간이 길어진 강일은 거실 소파에 가만히 앉아 있으면 전에 살던 집이 떠올랐다. 거실 창의 커튼을 젖히면 드넓게 펼쳐진 옥빛의 바다와 그 소리가 그리웠다. 물이라면 진저리를 쳤던 터라 그것을 그리워할 날이 올 줄은 몰랐건만. 집안에서 답답함이 일수록 이상하게 그때가 더 진하게 떠올랐다. 짭짤한 바다 내음, 온몸을 둥둥거리게 했던 뱃고동 소리, 매일같이 발에 차이던 썩어빠진 낡은 그물, 손바닥에 굳은살이 박일 때까지 던져댔던 홋줄까지. 강일은 소파에 앉아 주름진 살결 사이사이 박인 뜨거운 햇빛 자국을 바라보며 고향을 떠올리는 시간을 가지곤 했다.

일요일
바다가 보고 싶어.
이런 날이 다 있네.
시간이 많이 흐르긴 흘렀나봐.

*

  이사온 지 10년이 가까이 되니 처음에는 시끌시끌했던 아이들의 놀이터가 눈에 띄게 조용해졌다. 마주치면 오가며 인사하던 꼬맹이들이 무럭무럭 자라 데면데면한 청소년이 되었고 갑작스레 세상을 뜨는 이웃도 많이 늘었다. 10년이란 시간이 그랬다. 모든 것이 자라는 것 같으면서도 가끔은 모든 것이 떠나는 것 같이 느껴졌다. 벌써 이달에만 초등학교 동창 두 명이 세상을 떠났다. 화연을 비롯하여 이미 수많은 사람을 떠나보냈지만, 아직도 강제로 주어지는 이별에 적응하지 못했다. 시간이 많으니 집안에 먼지 쌓일 틈이 없었다.

경로당에 가서 점심을 먹고 와도 집에 오면 2시가 겨우 넘은 시간이었다. 화연이 매일 하던 것처럼 손걸레로 집안 구석구석을 닦았다. 얼마 전 가스점검원이 집에 들어서면서 모델하우스 같다고 감탄하던 모습이 생각나 조용히 웃었다. 걸레가 지나간 거실 바닥에 뿌연 햇빛이 서서히 들어찼다. 걸레를 쥔 손등까지 빛이 차오르면 강일은 그 자리에 앉아 멍하니 창밖을 바라봤다. 그놈의 아파트. 아파트. 아파트……

그날 역시 빽빽한 아파트 단지 안을 운동 삼아 걸었다. 강일은 아파트 둘레를 끼고도는 하천을 좋아했다. 그러나 올해는 비가 많이 와서 시도 때도 없이 물이 차올라 하는 수 없이 산책 코스를 바꿔야 했다. 여름을 맞아 우거져야 할 나무들이 해충 피해로 볼품없이 가지치기를 당했다. 듬성듬성한 가로수의 이파리를 안쓰럽게 바라보며 돌아오는 길이었다. 집집이 우체통에 꽂혀 있는 관리비 고지서를 보고 강일 역시 철제 우편함에 손을 집어넣었다. 평소처럼 종이를 당겨 꺼내고는 엘리베이터를 향해 몸을 돌리는데 발등에 툭, 하고 하늘색 봉투가 떨어졌다. 조심스레 주워올린 강일은 봉투의 뒷면부터 확인했다.

김강일 귀하

봉투에는 이름 외에 다른 어떤 것도 적혀 있지 않았다. 강일은 앞뒤로 봉투를 몇 번이나 살폈다. 요즘 보기 어려운 편지 봉투가 괜히 반가워 별다른 의심도 없이 기분 좋게 주머니에 집어넣었다. 집으로 들어서자마자 소파에 앉아 옷 주머니 속 넣어놨던 봉투를 꺼냈다. 그새 주름진 모서리가 안타까워 엄지손가락으로 눌러가며 봉투를 편 뒤 조심스레 입구를 열었다. 그 안에는 파도 모양의 카드가 들어 있었다. 레이스 치마 끝단처럼 하얗게 물결이 치는 파도 모양으로 재단한 카드 모서리를 손끝으로 따라 그리고선 천천히 글자를 읽어내려갔다.

브랜뉴 스위밍클럽으로 초대합니다!
즐겁게 일할 수 있는 곳을 찾고 계신가요?
브랜뉴 스위밍클럽은 당신을 기다리고 있습니다.

우리와 함께하시겠습니까?

 짧은 메시지 아래에는 주소와 시간만 적혀 있을 뿐, 무슨 일을 하는 곳인지, 어떤 식으로 일하는지에 대한 말은 한 줄도 적혀 있지 않았다. 강일은 누가 장난을 친 건 아닌지 곰곰이 생각했다. 그런데 요즘처럼 각자 살기 바쁜 세상에 누가 이런 쓸데없는 장난을 칠까 싶었다. 얼마 전에 노인들을 대상으로 일자리를 마련해준다며 교육비를 빌미로 고용사기를 벌인 일당들이 잡혔다는 뉴스를 본 적 있었다. 강일은 고개를 저으며 다시 봉투 안으로 카드를 집어넣었다. 자리에서 일어나 미련 없이 출처도 알 수 없는 초대장을 쓰레기통 앞까지 가져갔다. 동네 친구인 만수의 처주카는 핸드폰 문자를 잘못 누르는 바람에 한 번에 몇천만 원을 잃었다고 했다. 분명치 않은 건 뭐든 조심해야 하는 세상이었다. 머리로는 그렇게 생각했다. 그러나 눈에 익은 모양이라 그런지 어느샌가 손바닥만한 파도가 다시 강일의 손에 들려 있었다. 읽었던 글자들을 다시 읽어내려갔다. 고작 식탁에서 다용도실까지 걸었을 뿐인데 목에 걸리는 숨소리가 탁했다. 이제는 가만히 앉아 있어도 숨이 거칠어지는 때가 있었다. 한번 기침이 시작되면 쉽게 멈추질 않고 시도 때도 없이 사레가 들렸다. 강일은 그럴 때마다 귓가에 들리는 본인 소리에 서러움이 도졌다. 스스로 멈추지 못할 때 강일은 나이듦을 느꼈다. 밑져야 본전이지 않을까. 몇 줄이 되지 않아 여러 번 읽으니 그 내용을 외울 것만 같은 의문의 초대장을 보며 강일은 그렇게 생각했다. 교육비 선납하면 보조금을 국가에서 지원해준다는 내용은 경계할 필요가 있다던 뉴스 내용을 상기했다. 수상한 낌새가 보이면 바로 뒤돌아 나오면 되는 거지. 어차피 이곳에 가지 않으면 또 똑같이 하루가 흘러갈 거다. 매일 같은 일상이라면 하루쯤은 조금 다르게 보내도 괜찮을 것 같았다. 다시 식탁으로 돌아온 강일은 벽에 걸린 달력에 손을 뻗었다. 카드 속 적힌 날짜 위에 커다란 동그라미를 쳤다. 다시 식탁 의자에 기대앉은 강일의 숨소리는 여전히 거칠었다. 강일은 오랜만에 울리는 둥둥거리는 소리 위로 손을 얹었다. 마른 가슴팍 위에 손바닥이 천천히 원을 그리며 움직였다.

*

집으로 돌아온 강일은 땀으로 가득 찬 회색 헌팅캡을 신발장 협탁에 내려놓았다. 아침에 반듯하게 다렸다는 게 무색하도록 셔츠는 이리저리 구김이 갔다. 색이 바랜 재킷을 서둘러 벗어냈다. 조카손녀가 어버이날이라고 선물했던 분홍색의 타이도 서둘러 벗어냈다. 오랜만에 매느라 이리저리 고쳐 맸던 게 무색하게 풀어내는 건 순식간이었다. 손도 씻지 않은 채 급히 식탁에 앉은 강일은 공책을 펼쳤다. 잊기 전에 모두 적어야 한다고 생각하니 마음이 급했다.

월요일
기록할 만한 일이 생겨서 급히 공책을 폈어. 내가 방금 어디에 다녀왔는지 알아? 당신이 들었으면 정말 깜짝 놀랐을 거야. 내가 저번에도 썼듯이 갑자기 날아온 초대장. 오늘 그곳에 다녀왔어. 지금도 그게 어떻게 내게 왔는지는 잘 모르겠어. 누군가 장난치는 줄 알고 반신반의하는 마음으로 가봤어. 매일 내가 하는 일이라고는 무릎을 꿇고 방바닥을 닦아내는 게 전부였으니까. 태어나서 그렇게 큰 수영장은 처음이었어. 건물 안에는 내가 생각했던 것보다 훨씬 많은 사람이 와 있더군. 길게 늘어진 줄을 보고 전부 면접을 보러 온 사람이냐고 물었더니 하얗게 머리가 센 노인이 그렇다고 고개를 끄덕였어. 10분쯤 지나서야 건물 안으로 들어갈 수 있었어. 그제야 앉을 수 있는 의자가 빼곡히 나열되어 있더군. 커다란 화면에 이름이 뜨면 세 사람씩 건물 안쪽으로 불려들어갔어. 나는 한 시간쯤 걸렸던 것 같아. 그동안 옆에 앉아 있는 남자가 말을 걸어왔어. 정 씨는 생각보다 먼 곳에서 왔더군. 아침 일찍 시외버스를 타고 왔대. 나는 운이 좋은 편이었어. 우리 집에서는 지하철로 두 정류장이면 충분했으니까. 정 씨는 이전에 구급대원으로 일하던 경험이 있다고 내가 묻지도 않았는데 설명을 했어. 그러고는 본인이 이곳에서 무슨 일을 할 수 있을지 걱정이 된다며 갑자기 푸념을 늘어놨어. 나도 그 부분에 대해서는 공감이 가서 말없이 고개를 끄덕이기만 했어. 웅성거리는 말소리를 눈으로 훑어보니 다들 내가 지니고 간 초대장과 똑같은 모양의 봉투를 손에 꼭 쥐고 있었어. 정 씨와 몇 마디 나누고 나니 전광판 위에 내 이름이 뜨더라고. 친절하게 불러주기도 했어. 지원이 또래쯤 되어 보이는, 마냥 젊지만은 않은 남자가 내게 길을 안내했어. 머리는 단정하게 넘기고 위아래로는 반듯하게 정장을 입었어. 등뒤로는 웅성거리는 소리가 들리고 사람들이 모여 앉아 있는 곳에서 멀어질수록 그 남자의 구두 소리만 점점 더 커지더군. 사람 좋은 웃음을 지으며 문을 열어줬고 나와 내 뒤로 함께 걸은 여자 두 명은 온통 새하얀 벽만 있는 곳에 들어갔어. 면접이라면 사람이 있어야 하잖아. 우리는 눈이 부시도록 하얀 방안에 각각 벽을 보고 섰어. 나를 그 방으로 데려간 남자가 한 명씩 벽을 보고 서도록 하고는 문을 닫고 떠났어. 어디가 나가는 문인지 알 수 없을 정도로 꽉 막힌 사각형 안으로 들어온 기분이 들었지. 그제야 덜컥 겁이 났어. 평소에 가은이에게 '이 할아버지는 충분히 살았으니 좋은 게 있으면 너 다 하라'고 했던 게 반은 거짓이었다는 생각이 들었어. 누가 쥐나 새를 죽여도 모르겠다고 생각하면서 떨리는 손을 말아쥐는데 그때 갑자기 벽에서 서랍 같은 게 툭 튀어나왔어. 귀마개 같은 게 들어 있더군. 뒤를 돌아보니 이미 나랑 같이 들어왔던 여자들은 그걸 귀에 쓰고 있었어. 나도 조심히 귀마개를 착용했더니 그제야 하얀 벽 위로 글이 올라오더군. 귀마개는 벽에 올라온 글을 읽어줬어. 내 이름을 말해보라길래 크게 대답했어. 다음으로는 나이를 물어보길래 이름보다는 작게 대답했어. 괜히 눈치가 보이더라고. 혹시 생각했던 것보다 내 나이가 너무 많아서 기회가 사라지는 건 아닐까 걱정이 되었어. 그뒤로도 몇 개의 질문을 더 받았어. 일주일에 4일을 출근할 수 있냐는 질문에 그렇다고 대답했어. 그뒤에는 여러 부서를 나열했어. 운영팀, 강습팀, 안전팀, 고객지원팀…… 몇 개가 더 있었는데 잘 기억이 안 나. 각 부서에서 무슨 일 하는지도 친절하게 설명해줬어. 궁금한 부서를 말하면 더 자세히 설명도 해준다고 했어. 당신은 알지. 내가 얼마나 바다를 지긋지긋해했는지. 그런데 요즘 다시 물이 그리워졌어. 그래서 깊이 고민하지 않고 강습팀을 골랐어. 궁금한 일도 있었지만 내가 해낼 수 있는 일을 고르는 게 맞다는 생각이 들었어. 쓸모라는 게 참 웃기지. 쓸모에 지쳐 괴로워해놓고 관성처럼 내 쓸모를 찾게 되더군. 다시 한번 정말 그 일을 하겠냐는 질문에 그렇다고 대답했어. 마지막 질문이 좀 인상적이었어. 다시 젊어지면 뭘 하고 싶냐고 묻더라고. 우스갯소리로 당신과 했던 이야기가 떠올랐어. 그냥 젊어져보기라도 했으면 좋겠다고. 그 대답을 끝으로 면접이 끝났어. 결과가 어떻게 될지는 모르겠지만…… 당신이 응원해줬으면 좋겠어. 지금은 그게 가장 필요한 것 같아. 정신없이 써내려갔어. 아마 이 순간을 정말 잊고 싶지 않아서 그랬나봐.

화요일

어제 미처 적지 못한 이야기가 있어서 아침부터 또 연필을 들었어. 집으로 가는 길에 사람들 손에 전부 가방을 쥐여줬거든. 어제는 나도 모르게 긴장했나봐. 일찍 잠들었는데 한번도 깨지 않았어. 지금 열어보니까 수경과 수건이 들어 있네. 오랜만에 보는 물건이라 식탁 위에 올려두고 한참을 쳐다봤어. 꿈을 꾼 것 같았는데 어제 받은 물건이 오늘 그대로 있는 걸 보니 꿈은 아닌가봐.

월요일

1주일이 지났어. 솔직히 말하면 지난 며칠은 내가 거기에 다녀온 것도 잠깐 잊고 있었어. 지원이가 가은이를 잠깐 맡기면서 수경은 왜 샀냐고 물어볼 때 떠올랐어. 면접을 보러 갔었다고 이야기하기엔 조금 민망한 구석이 있어서 그냥 누가 줬다고 얼버무렸어. 그리고 오늘 전화가 왔어. 돌아오는 금요일부터 출근할 수 있냐고. 고민 없이 알겠다고 대답했어. 아직도 실감이 안 나. 화연, 금요일부터 나는 다시 출근해. 지금 이 기분을 어떻게 설명해야 할지 잘 모르겠어. 다녀와봐야 할 것 같아. 일단 오늘은 세탁소에 셔츠를 맡겼어. 이제 제법 흉내는 내도 당신 솜씨만은 못해서.

 강일은 오랜만에 시간을 지켜 출근한 제 모습이 낯설었다. 어색함이 감도는 낯선 사무실 안에서 앞으로 동료가 될 얼굴들을 차례대로 눈에 익혔다. 한 달간은 9시에 맞춰 출근해야 한다는 안내를 받았다. 강일은 면접에서 말했던 대로 강습팀에 배정되었다. 도착해서는 사진을 찍고 실버링을 받았다. 실버링에 대한 설명을 공책에 빼곡히 적었다. 이렇게 적어놓고도 꾸준히 읽지 않으면 까먹을 게 분명했다. 강습팀 사람들은 다른 부서와 차이가 있었다. 강일을 포함해 총 열두 명의 사람이 근무하게 되었는데 다른 부서 사람들은 1주일에 네 번만 출근하지만, 강습팀 사람들은 수업 때문에 1주일에 다섯 번을 출근해야 한다고 했다. 그런 설명에 아무도 불만을 갖지 않았다. 강일은 일을 더 해야 한다는데도 불평 없는 사람들이 딱하게 느껴지다가도 본인도 그중 하나라는 사실에 아랫입술을 입안으로 꽉 말아 물었다. 네 명이 한 조가 되어 강습 타임을 크게

3부로 나누었다. 강일은 기초반을 담당했다. 오전 6시부터 10시까지. 수업을 정한 뒤에는 면접날 봤던 양복 입은 남자를 따라 수영장 시설을 구경했다. 사진이 실린 두꺼운 종이 책자도 받았다. 남자가 설명해주는 내용들이 빼곡히 적혀 있었다. 한 달 동안은 그 안에 있는 내용을 숙지하는 기간이라고 했다. 낯선 은빛 팔찌에 대한 설명 또한 아주 자세히 적혀 있었는데 강일은 그제야 아까 검지와 중지가 아릴 정도로 괜히 설명을 길게 적어내려갔다고 후회했다. 그중 누군가 남자에게 물었다. 이 두꺼운 책자를 왜 다 외워야 하냐고. 돌아오는 답으로는 처음 오는 회원들에게 수영장을 활용하는 방법을 설명해줘야 한다고 했다. 어마어마한 양에 강일의 옆에 앉아 있던 정 씨는 페이지를 넘길 때마다 이마를 짚었다. 강일 역시 설명을 듣고는 손에 쥐고 있던 공책의 모서리에 연필을 끄적였다.

수요일
요즘은 어제 점심에 뭐 먹었는지도 까먹는데 이렇게 두꺼운 책을 한 달 동안 외워야 한다는 게 믿어지질 않네.

퇴근한 뒤에는 어김없이 주방으로 향했다. 오랜만에 배가 지나치게 고팠다. 잠깐 숨을 돌리며 창밖에 아파트 숲 사이로 숨는 해를 보고 있다가 간단히 먹을 저녁 준비를 시작했다. 얼마 전에 조카며느리인 해정이 시댁에서 가져왔다며 냉동실에 넣어둔 삶은 시래기를 녹여 된장국을 끓여 먹을 생각이었다. 냄비를 올리고 물을 붓고서 파 한 뿌리 썰었을 뿐인데 금세 해가 바닥으로 꺼졌다. 요즘 들어 그 속도가 점점 더 짧아지는 것 같았다. 계절상으로는 해가 하늘에 떠 있는 시간이 점점 길어져야 할 때인데 희한하다고 생각했다. 화연과 저녁을 먹을 때는 몰랐던 일이다. 함께 저녁을 먹고 차 한잔을 즐겼던 기억이 빼곡하게 남아 있는데 이제는 상을 차리기도 전에 어두컴컴한 집안에 불을 켜러 다니기 바쁘다. 마음은 늘 서두르지만 강일은 점점 느려지고 있었다. 맑은국에 아침 먹고 남은 찬밥을 훌훌 말아 거의 마시듯 식사를 끝냈다. 화연이 앞에 있었더라면 뭐가 그렇게 급하냐고 한소리를 들었을 게 분명했다. 급히 밥을 먹는 습관은 아주 오래전 배 위에서 식사를 마치고 조금이라도 눈을 붙이려고 했던 때 만들어지고 여태 고쳐지질 않았다. 급한 것도 없는데 순가락이 움직이기 시작하면 저절로 몸이 그렇게 움직였다. 모든 게 느려져도 밥 먹는 속도만큼은 젊은 시절 일할 때 급히 먹던 습관이 남아 있어 좀처럼 줄어들지 않았다. 설거지라고 부르기도 민망할 정도로 개수대에 놓인 그릇이 단출했다. 밥은 국그릇에 먼저 담아 말아 먹었기에 국그릇 하나와 김치를 덜어놓은 작은 접시가 전부였다. 싱크대 선반에 빨래집게로 고정해둔 딸기 모양 실 수세미를 빼들었다. 가는 실이 정전기에 바짝 선 것처럼 삐죽거렸다. 낡아서 버려야 하는데 선뜻 버려지지 않았다. 강일은 한참 수세미를 들고 서 있다가 싱크대 오른쪽 마지막 서랍을 열었다. 딸기, 가지, 토마토, 꽃, 갖은 모양의 수세미가 빼곡히 차 있었다. 벌써 십수 년 전 화연이 만들어놓은 수세미였다. 아끼고 또 아껴서 쓰다보니 아직도 꽤 많은 수가 남아 있었다. 반년에 하나씩 써도 5년은 넘게 쓸 수 있는 양인데 강일은 본인보다 수세미가 더 오래 살았으면 하는 마음이 있었다. 그래서 다시 서랍을 닫았다. 삐져나온 수세미 실의 코를 새끼손가락으로 밀어넣으며 세제를 한 번만 눌러 짜냈다. 그러고는 닳고 닳아 부드러워진 실을 그릇에 오래 문질렀다.

금요일

첫 출근을 마치고 첫 퇴근을 했어. 지금은 8시 반이 막 지나고 있어. 오늘 너무 많은 일이 있어서 아침까지 기다리지 못하고 공책을 폈어. 아까 하다가 말았던 이야기를 마무리해야 잠이 올 것 같아. 넓고 화려한 수영장을 보는데 당신 생각이 났어. 물을 지겨워하던 나 때문에 당신과 수영장을 제대로 가본 적이 없더라고. 생각해보면 당신도 내게 한번도 수영장, 바다나 계곡 같은 곳에 함께 가자는 말을 안 했던 것 같아. 그래서 내가 꽤 고약하게 느껴졌어.

사실 오늘 익힌 건 몇 개 안 돼. 수영장 입구에 들어갈 때, 나올 때 전부 은색 팔찌를 써야 한다는 것. 매달 직원들에게는 현금처럼 쓸 수 있는 돈이 팔찌 안에 들어 있는데 그걸로 수영장 안에서 커피도 사 먹고 간단한 요깃거리도 살 수 있다. 아직은 수영장에서 뭘 먹는 게 상상이 안 가. 강 씨 말로는 자기랑 같이 면접 본 사람은 커피 만드는 곳에 지원했다더군. 아직 매일 그곳에 가야 한다는 게 실감이 나지 않아. 사람들은 대부분 다 좋아 보여. 재미있는 건 나보다 나이 많은 사람이 다섯이나 더 있다는 거야. 오랜만에 하루를 꽉 채워 산 것 같아. 저녁도 얼마나 맛있게 먹었는지 몰라. 먹고 나서 당신이 끓인 것보다 왜 맛이 덜한가 생각해봤더니 또 멸치를 넣고 육수 내는 걸 잊었어. 사실 연필을 들 때만 해도 더 많은 일을 적고 싶었는데 쓰다보니 잘 기억이 나지 않아. 생각이 나는 대로 또 쓸게.

강일은 적당하게 긴 일기 끝에 오늘 봤던 화려한 수영장을 그려넣었다. 특히 높이 솟은 야자수를 그리는 데 공을 들였다. 일렬로 줄지은 선베드와 누워 있는 한 여자도 그렸다. 그린 그림에 눈으로 채색하며 그림 속에서도 수영장을 어색해하는 여자가 본인을 부르기 전에 공책을 덮어 식탁 모서리로 밀어버렸다.

*

화요일
오늘은 퇴근하고 집을 나서려는데 지원이가 집으로 찾아왔어.

잊지 않고 당신이 좋아하는 안개꽃을 한 아름 사왔어. 유리병에 옮겨 담아 당신이 쓰던 책상 위에 올려놨는데 잘 보이려는지 모르겠네. 당신은 나 혼자 두고 떠나는 게 마음이 좋지 않다며 아이를 가질 걸 그랬다고 후회했지. 나는 오늘 다시 한번 우리 둘만 살기를 참 다행이라고 생각했어. 지금 내가 느끼는 슬픔을 똑같이 느끼는 사람이 하나 더 있다는 건 너무 끔찍해. 자식은 없지만, 자식이나 다름없는 조카가 있으니까 당신도 혼자 있는 나를 보고 너무 마음 아파하지 않았으면 좋겠어. 이럴 줄 알았으면 당신이 궁금하다고 했을 때 진작에 도시로 와볼 걸 그랬어. 오늘따라 당신의 흔적이 없는 이 아파트가 마음에 들지 않아서 몸이 고단한데도 여러 번 쓸고 닦았어. 수영장에선 별일 없었어. 각자 책상에 앉아 강습할 내용을 정리했지. 다들 수영을 배운 곳도 써먹은 곳도 달라서 그런지 가르치려는 순서도 다르더라고. 나는 크게 말을 보태지 않았어. 정 씨는 이전에도 오랫동안 수영 강사로 일했다고 하길래 대부분의 사람이 정 씨의 의견을 쉽게 받아들였어. 아마 내일은 처음으로 물에 들어갈 것 같아. 수영장에서 강습용 수영복도 지급해준대. 오랜만에 물에 들어가려고 하니까 긴장이 되어서 그 생각만 하면 저절로 왼쪽 가슴을 손바닥으로 누르게 돼. 지금 생각이 드는 건데 아마 죽을 때까지 무섭고 두려운 감정에서 완전히 벗어나는 건 불가능할 것 같아. 참 억울한 일이지. 기쁜 일은 훨씬 빠르게 줄어드는데 말이야. 당신은 항상 우주로 간다고 말했지. 우주는 어때. 너무 차갑지는 않은가. 항상 당신이 누구나 끝에는 우주가 기다리고 있다고 할 때마다 걱정스러웠어. 나는 오래전에 바다에 들어갈 때면 깊은 그곳이 마치 우주처럼 느껴졌거든. 내게 그곳은 너무 차갑고 무섭기만 해서. 나는 당신과 다시 만날 날을 기다리고 있지만 대부분의 날은 아직 두려워. 잘 지내고 있지, 친구. 당신이 지내는 우주는 따뜻하길 바라.

목요일

오늘 내가 겪은 말도 안 되는 일을 꼭 적어놔야겠다고 생각했어. 적어놓지 않으면 내가 미쳤던 건 아닐까 생각할지 모르니까. 집으로 오는 길에도 심장이 얼마나 두근거렸는지 몰라. 많은 사람이 오늘 내가 겪은 일을 똑같이 겪었지만, 수영장에서 절대 밖에 이 비밀을 누설해서는 안 된다고 교육했거든. 샤워하고 수영장에 들어갔는데 젊어졌어. 나만 그런 게 아니라 그곳에서 일하는 모두가. 쓰면서도 믿기지 않아. 어떻게 그럴 수가 있지. 처음에는 그냥 컨디션이 조금 좋은 건 줄 알았어. 그렇다고 하기에 너무 지나치도록 몸이 개운했어. 고작 샤워 한번 한 건데 말이야. 사람들은 소리를 지르거나 울었어. 나처럼 멍한 사람들도 있었지. 많은 사람이 물 위를 쳐다보거나 유리 앞으로 다가갔어. 나도 입구 쪽 유리 창문에 꽤 오래 서 있던 것 같아. 그때야 면접에서 물어봤던 질문이 생각났어. 다시 젊어지면 뭘 하고 싶은지. 내가 겪었던, 우리가 겪었던 너무 많은 일이 머릿속을 한번에 스쳐지나갔어. 그런데 생각해보니 시간을 되돌릴 수 있는 건 아니더군. 그냥 혼자 젊어지는 것뿐이었어. 떠올렸던 일들을 다시 겪을 수 있는 게 아니라는 걸 깨닫고는 그냥 멍하니 어려진 내 얼굴을 오래 쳐다봤어. 홋줄에 쓸린 팔의 상처가 없어졌더라고. 깨끗해진 팔을 보면서 당신이 참 좋아했을 거라는 생각을 했어. 매번 내가 반소매를 입으면 손끝으로 그곳을 쓸어내렸잖아. 아직도 얼떨떨하기만 해서 아무래도 내일 출근을 해봐야 알 수 있을 것 같아. 내가 겪은 일이 꿈인지, 생시인지. 오랜만에 물에 들어간다고 긴장하고 어려워했는데 그런 건 한번에 다 잊어버렸어. 처음에는 조금 어색했는데 몸이 금방 물에 적응했어. 나만 그런 건 아닌지 수영장 모서리 쪽에 있는 아주 깊은 다이빙풀 계단에는 사람들이 아주 길게 줄을 섰더라고. 나는 레인 모서리에 기대어 과감하게 물속으로 사라지는 사람들을 구경했어. 가끔 물속에 비치는 얼굴을 보고 있으면 그맘때쯤 연애를 시작했던 우리가 떠올랐어. 다행히 그때의 당신 얼굴이 꽤 선명하게 그려졌어. 아마 앞으로 스물둘의 당신을 떠올리는 날이 잦아질 것 같아. 당신 생각은 어때, 내가 꿈을 꾼 것 같지? 나도 그런 것 같아. 다시 생각해도, 아무리 생각해봐도 꿈인 것 같아.

금요일

오랜만에 공책을 폈어. 한동안 강습에 적응하느라 시간이 좀 필요했거든. 당신을 잊은 건 아니니 너무 서운해하지 말게. 지원이에게는 이번주가 되어서야 일을 다닌다고 이야기했어. 내가 수영장에서 수영을 가르친다고 했더니 처음에는 믿지를 않더라고. 노인들만 다니는 곳이라고 설명을 덧붙였더니 그제야 고개를 갸웃거리면서 핸드폰으로 우리 수영장 이름을 검색해보더라고. 당연히 비밀은 발설하지 않았어. 그냥 일이 재밌다고만 했지. 일이 재밌는 건 사실이야.

강습 첫날은 수영장이 아수라장이었어. 직원들이 그랬던 것처럼 수영장에 처음 들어선 사람들이 비명을 지르고 뛰어다니거나 그 자리에서 울어버렸지. 내가 그들을 그렇게 만든 것도 아닌데 괜히 뿌듯함을 느꼈어. 수업을 더 열심히 해야겠다는 생각도 했지. 사람들이 하나라도 얻어갔으면 했어. 내가 그곳에서 사람들을 만나면서 기운을 얻는 것처럼. 수영장에 가기 전에는 하루에 다른 사람과 열 마디 이상 하는 날이 없었는데 요즘은 집에 와서 딱히 말을 하려는 노력을 하지 않아. 수영장에서 얼마나 많이 떠들고 오는지 가끔은 말을 하다가 지치기도 해. 강습팀의 단점은 같이 어울릴 수 있는 선생님들이 한정적이라는 거야. 각자 자기가 맡은 수업시간에 맞춰서 출근하다보니 나는 나와 같은 시간대에 중급반을 맡은 윤 씨, 연수반을 맡은 정 씨, 돌고래반을 맡은 허 씨 하고 대부분 시간을 보냈어. 사람들은 보통 폐장 시간인 3시까지 꽉 채워서 머물러. 강사들도 크게 다르지 않아. 일찍 출근하는 우리와 다르게 늦게 출근하는 강사들은 일부러 일찍 와서 시간을 보내기도 하더라고. 나는 마지막 수업인 9시 수업이 끝나면 수영장 한쪽에 마련된 카페에서 간단하게 점심을 사 먹어. 강사들과 몰려 앉아 있으면 지나가던 회원들이 들러서 앉기도 하고 학구열이 넘치는 강습생들은 물 밖에서도 자세 지도해달라고 부탁해. 그런 걸 특히나 좋아하는 정 씨는 과일을 집어먹다 말고 자리에서 일어나 내게 들어온 질문마저 덥석 물고는 공중에서 팔을 휘젓는 시범을 보이곤 해. 잘 모르겠어. 사람들과 어울려서 별것 아닌 것에도 웃음이 나는 건지, 몸이 젊어져서 실없는 것에도 웃음이 나는 건지. 확실히 전보다 웃는 날이 많아졌어. 집에 와서 가만히 앉아 있어도 불안하지 않아. 내일 할일이 잔뜩 기다리고 있으니까. 이것도 분명 지치는 날이 오겠지만, 지금은 그런 걱정을 하고 싶지 않아. 얼마 전에 가은이에게 오늘 유치원이 어땠냐고 물었더니 '정말 즐거웠어!' 하고 씩씩하게 대답했어. 당신이 내게 오늘 하루가 어땠냐고 묻는다면 나도 그렇게 대답할 수 있을 것 같아. 오늘 하루도 정말 즐거웠어!

*

 강일은 이제 출근하면 자연스레 옷부터 갈아입었다. 강습팀은 사무실 말고도 수영복을 입고 쉴 수 있는 강사 휴게실이 따로 있었다. 강일은 수업을 시작하기 전에 꼭 텅 빈 수영장에서 홀로 수영했다. 시원한 물을 가르며 앞으로 쭉쭉 뻗어나가면 어떤 날엔 시간을 거스르는 것 같은 기분이 들었다. 상처 하나 없는 몸이었던 그때로 정말 돌아간다면 어떨까. 레인의 반대편에 그리운 얼굴들이 잔뜩 기다리고 있었으면 좋겠다는 생각도 곧잘 했다. 그런 날에는 힘차게 헤엄을 치고 와도 텅 빈 레인은 모순적으로 강일을 답답하게 만들었다. 매일 즐겁게 일하러 가는 것과 일하는 삶에 적응하는 것은 전혀 다른 문제였다. 요새는 매일 기절하듯 잠이 들었다. 체력에 조금 여유가 있는 날에는 침대에 기대어 공책에 낙서 같은 그림을 그리다 연필을 바닥에 툭 떨어트리면 이만 포기하듯 잠이 들었다. 집에서 움직임을 최소화하는데도 쓰레기는 쌓여갔다. 마트에 갔다가 간단히 해먹을 수 있는 것이라고 포장만 뜯어 사왔는데 먹을 때까지는 간단한지 몰라도 한 끼마다 나오는 쓰레기가 한 무더기라 앞으로는 사지 않겠다고 다짐했다.

분리수거를 하러 가서 오랜만에 만수를 마주쳤다. 만수는 강일을 보자마자 반갑게 인사했다. 요새 왜 그렇게 얼굴을 보기 힘드냐고 묻는 만수에게 강일이 머쓱하게 웃으며 일을 다닌다고 대답했다. 눈을 크게 뜨고 놀라며 무슨 일을 하냐고 묻는 만수에게 옆 동네 수영장으로 노인들을 상대로 수영을 가르치러 다닌다고 설명했다. 만수는 지금도 지하철 퀵을 하고 있었다. 쓰러져서 지쳐 나가는 사람이 있는가 하면 다음날에는 더 젊은 사람이 일하러 줄을 선다고 했다. 강일은 만수의 말에 면접날 수영장 로비를 가득 채웠던 동료들의 얼굴을 떠올렸다. 알 만하다는 듯 고개를 끄덕이는 동안 만수가 바닥에 내려놨던 분리수거 가방을 챙겨들었다. 손자와 함께 놀러가기로 했다며 서두르는 만수에게 인사를 마친 강일은 은근슬쩍 수영장에 와보는 걸 권했다. 한 사람이라도, 하루라도 이 말도 안 되는 젊음을 느껴봤으면 싶어서. 부디 본인의 간절한 마음이 만수에게 전해지길 바라며 강일은 투명한 플라스틱 쓰레기를 분리수거함에 와르르 쏟아냈다.

월요일

일기는 가끔 자기 전에 쓰는 게 좋은 것 같기도 해. 짧고 핵심만 간단히. 가장 솔직하게 적을 수 있지. 하루가 다르게 회원들이 늘고 있어. 아직도 한참 젊은 사람들과 어울리는 내가 어색해. 물에 비치는 얼굴은 내 얼굴인데도 낯설고. 최근 들어 수영장 안에서 손잡고 다니는 이들이 늘었어. 같은 조의 정 씨도 연수반 회원과 연애를 시작했다더군. 연애라니. 단어만으로도 너무 간지럽지 않아? 너무 오랜만에 입으로 뱉어본 단어라 목덜미에 소름이 돋았어. 내가 당황해하는 걸 느꼈는지 정 씨가 한마디 덧붙이더라고. 주변에서 그런 사람들이 꽤 된다. 그제야 붙어 있는 게 어색하지 않은 사람들이 눈에 들어오더군. 그래서인지 오늘 유독 당신 생각이 많이 났어.

그래서 오늘따라 내 친구 화연이 너무 보고 싶다는 생각이 들었습니다. 그랬습니다.

*

어느덧 강일이 수영장에 출근한 지도 3개월이 지났다. 슬슬 현관을 열고 나갈 때 진한 매미 소리가 아침을 깨웠다. 확실한 여름이 다가오고 있었다. 엊그제 월급이 들어오자마자 강일은 퇴근하는 길에 바로 은행으로 달려갔다. 조카 가족들이 처음 해외로 여름휴가를 간다는 말을 듣고는 여행비로 보태 쓰도록 백만 원을 인출했다. 오랜만에 함께하는 저녁식사를 마치고 나오는 길에 강일은 몇 차례 지원과 씨름을 하다가 던지듯 봉투를 두고 나왔다. 강일에게 지원이 특별하듯 지원에게도 강일이 특별했다. 어릴 적 돌아가신 아버지를 대신해 아버지의 동생인 강일로부터 빈자리를 채워왔다. 길게 대화를 나누지 않아도 두 사람은 결속력이 있었다. 서로의 아쉬움을 메워주는 존재. 건넨 만큼 돌려받지 않아도 되는 관계. 그게 강일과 지원이었다. 출근하면 어김없이 보디슈트를 챙겨 샤워실로 향하는 강일의 눈에 못 보던 포스터가 들어왔다. 사무실 벽 한쪽에 연달아 이어 붙인 포스터에는 커다랗게 '사내 로고 공모전'이라고 적혀 있었다. 내용으로는 수영장 이름 옆에 들어가는 그림을 공모받는다는 것이었다. 한둘씩 강습팀 사람들이 사무실에 들어섰다. 그러나 강일처럼 포스터 앞에 오래 서 있는 사람은 아무도 없었다. 공모 내용을 꼼꼼히 읽어내려가는 강일 옆을 지나가던 정씨가 물었다. 김 선생 그거 관심 있어? 강일은 멋쩍게 웃으며 손에 들고 있던 슈트를 꽉 쥔 채 샤워실로 향했다. 그날부터 강일은 집으로 돌아가면 화연에게 그렸던 그림을 들춰봤다. 그동안 그려나갔던 그림을 눈으로 한번 살피고는 새로운 페이지를 펼쳐 연필을 움직였다. 지금 수영장 곳곳에 붙어 있는 파도 모양도 그렸다가 샤워실에서 보는 돌고래도 따라 그렸다. 몇 장을 넘기며 웃는 돌고래나 파도 위에서 몸을 둥글게 말고 있는 돌고래를 그려봤으나 마음에 들지 않아 결국 다시 새 페이지를 넘겼다.

수요일
내가 당신보다 더 나은 실력이라는 건 아무래도 거짓말이었던 것 같아. 당신 반만큼이라도 그렸으면 소원이 없겠어.

*

　퇴근하려던 강일의 발목을 붙잡은 건 홍보부 팻말이었다. 사무실 옆면에 잔뜩 붙여놓은 포스터 가장 아래 문의처에 적혀 있던 곳이 '홍보부'였다. 머리로는 분명 집으로 가려 했는데 어째서인지 손은 이미 투명한 유리문을 밀고 있었다. 수영 강사들이 지내는 사무실과는 사뭇 분위기가 달랐다. 우선 강습팀 사람들은 모든 걸 수기로 적었다. 회원들의 출석 명부나 수업 내용 기록 같은 것들은 전부 종이로 된 양식지를 사용했다. 사무실에 컴퓨터가 있긴 했으나 쓰는 사람들이 거의 없었다. 그건 강일 또한 마찬가지였다. 강일이 컴퓨터 앞에 앉아 있는 노인들을 둘러보자 그중 가장 가까이 있던 직원이 무슨 일로 찾아왔는지 물었다. 강일은 짧은 순간 생각했다. 내가 무슨 생각으로 이 문을 열었더라. 두 눈을 끔벅이며 잠깐 전원이 나간 것처럼 버벅대고 있자니 직원이 강일의 손목에 걸려 있는 실버링을 확인하고는 칸막이 위에 매달린 손바닥만한 원을 가리켰다. 그거 한번만 여기 가져다대세요. 강일이 팔찌를 가져다대자 직원이 고개를 끄덕이며 강일의 정보를 읊었다. 강사님이셨네요. 무슨 일로 오셨어요? 다시 묻는 말에 강일이 머뭇거리며 대답했다.

"공모전 말입니다. 손으로 그린 그림도 받아줍니까?"

며칠 동안 마음에 지니고 있던 말을 내뱉자 몸이 조금 가벼워진 것 같은 강일의 눈에 그제야 칸막이 위에 꽂혀 있는 직원의 이름이 보였다. 서복자. 복자는 고개를 저으며 대답했다. 그건 안 되고요. 일러스트 파일로

우리와 함께하시겠습니까 135

제출하셔야 해요. 난생처음 듣는 단어에 강일이 눈을 끔벅이자 복자가 서랍에서 종이 하나를 꺼내들었다. 사내 복지로 자기 계발 비용을 지원해드려요. 아직 공모전 마감까지 시간이 좀 있으니까 관심 있으시면 학원 다녀보세요. 여기 지원 가능한 학원이랑 과목 적혀 있거든요. 복자는 강일이 도움을 받을 수 있는 학원 이름 위로 길게 형광펜을 그었다. 강일은 얼떨결에 종이를 받고서 고개를 숙이고는 홍보팀을 빠져나왔다.

복자가 형광펜을 그어준 학원은 강일의 집에서 멀지 않은 곳에 있었다. 충분히 걸어서 다닐 수 있는 거리였다. 두꺼운 유리문을 열고 들어가면 깨끗한 겉모습과는 다르게 오래 묵은 먼지의 향이 났다. 강일은 먼지가 뽀얗게 쌓인 조화 화분이 놓인 데스크로 향했다. 그곳에 앉아 있던 젊은 여자 직원은 핸드폰을 보고 있다가 급히 고개를 올렸다. 누구를 찾으러 왔냐는 물음에 강일은 고개를 저으며 말했다.

"수강 신청하러 왔습니다."

"수업이요?"

반문하는 직원에게 그렇다는 의미로 고개를 끄덕인

강일은 꽤 당황한 것 같은 직원을 가만히 기다렸다. 잠깐 기다려달라는 말로 핸드폰을 들고 자리를 비운 직원은 5분이 채 지나지 않아 돌아왔다. 무슨 수업에 관심 있으세요? 직원의 질문에 강일은 컴퓨터로 그림을 그리고 싶다고 이야기했다. 직원은 그제야 강일을 데스크 옆 동그란 원형 탁자에 앉으라는 말과 함께 A4 사이즈의 두꺼운 파일을 들고 강일의 맞은편에 앉았다. 그림 그리는 걸 가르쳐드리는 수업은 딱히 없고요, 그림 그리는 도구를 배우는 수업은 있는데요. 일러스트 아세요? 직원의 설명에 강일은 잘 모르지만 일단 묵묵히 고개를 끄덕였다. 컴퓨터를 써본 적 있냐는 질문에는 솔직히 대답했다. 세기말쯤 사무실에 막 보급이 되던 컴퓨터를 켜고 끄는 것 정도만 해봤다고 대답했다. 그게 언젠데요? 하고 묻는 직원의 질문에 강일은 머쓱하게 허벅지를 양 손바닥으로 쓸어내리며 대략 30년 전이라고 대답했다. 잠깐 말을 잃은 직원은 고개를 갸웃거리며 컴퓨터 사용이 낯설면 수업을 따라가기가 어렵다는 설명과 함께 강일의 시선을 피했다. 강일은 어딘가 모르게 자신이 등록하는 것을 꺼리는 듯한 태도에 어째서인지 잘 보이고 싶었다. 열심히 하겠습니다. 그러자 직원은 어색하게 웃으며 떨떠름한 말투로 답했다. 수업 들으시는 거야 상관은 없는데. 그런데 지금은 7시 수업밖에 없는데 괜찮으세요? 강일은 직원의 질문에 당연히 괜찮다는 의미로 고개를 끄덕였다. 사실 7시 수업이 끝나면 8시. 집으로 돌아가면 대략 9시쯤이 될 테니 다음날 5시 반까지 출근하려면 조금 무리가 있었으나 강일은 수업에 등록하고 싶은 마음의 크기가 아침에 느껴질 피로보다 더 크다고 자신했다. 직원은 강일의 반응에 뒤로 손을 뻗어 종이를 한 장 건넸다. 수강생 등록카드라고 적힌 종이에는 이름부터 주소, 학원에 등록하게 된 경위까지 적는 칸이 그려져 있었다. 강일은 위에서부터 차근차근 적어내려갔다. 매일 일기장에만 쓰던 글씨를 남에게 보여주는 것이 너무 오랜만이라 신경이 쓰였던 강일은 혼자 중얼거렸다.

"예전에 손을 다쳐서 글씨가 영……"

그 사이 정수기에서 종이컵에 시원한 물을 가득 떠와 강일의 옆에 내려놓은 직원은 대수롭지 않게 종이 위에 적혀 있는 이름을 읽었다.

"김강일님?"

"예."

"잘 읽히는데요 뭐."

강일은 직원의 대답에 펜을 고쳐 잡고 마저 빈칸을 채워나가기 시작했다.

*

강일도 느끼고 있었다. 학원 마감을 하는 데스크 직원이 본인을 탐탁지 않게 생각하고 있다는 것을. 그 직원은 강일의 등록을 도와준 직원이기도 했다. 그러나 강일도 사정이 있었다. 집에 지원이가 쓰다 방치하듯 넘긴 낡은 컴퓨터가 있긴 하지만, 수영장 안도 아니고 이 몸으로는 뒤를 돌면 까먹었다. 첫날 배운 일러스트 설치도 집에 가서 얼마나 헤맸는지 모른다. 강일은 그날 배운 것은 그날 복습을 하고 돌아가자 주의였다. 첫날 수업에서는 분명 학원이 문을 닫는 시간은 오후 10시라고 했다. 그때까지는 연습해도 된다고 강사님으로부터 허락도 맡았다. 그러나 데스크 직원과는 소통이 안 된 건지 강일이 짐을 챙겨 학원 문을 나설 때마다 강일에게 닿는 직원의 시선은 영 탐탁지 않았다. 강일은 매번 가장 늦게 가방을 챙기며 머쓱한 웃음과 함께 유리문을 밀었다. 표정 없는 얼굴로 조심히 들어가라는 직원의 인사는 거의 형식에 가까웠다. 자식이 있었다면 아마 손녀뻘 정도 되었을 거다. 강일은 날카로운 인사를 뒤로하고 그날 배운 단축키를 중얼거리며 집으로 돌아갔다. 내일은 조금이라도 빨리 학원을 떠나기 위해.

수요일
요즘은 일과가 조금 변했어. 10시에 수업이 끝나면 강사들과 점심을 먹고 웬만하면 집으로 돌아와서 낮잠을 자. 저녁 7시마다 수업을 듣는 게 여간 피곤한 일이 아니더라고. 이제는 컴퓨터를 켜고 일러스트를 여는 것까지는 자연스럽게 할 수 있어. 다만 아직도 도구를 찾을 때는 남들보다 두 배의 시간이 걸리지. 그림이 어찌나 작은지 잘 안 보여. 오후 5시쯤 일어나서 전날 배운 내용을 복습하는데 기억력이 수영장에서만큼 또렷하진 않아서 그렇게 보고 가도 교실에서 수업 속도를 못 따라가는 날이 허다해. 당신은 나보고 매번 성격이 급하다고 그랬지. 그렇게 급하던 나도 이렇게 느려졌네.

일러스트 기초 수업을 수강했을 때 할 수 있는 것은 여러 가지가 있었다. 우선 원하는 대로 도구를 사용해서 캐릭터나 그림을 만들어낼 수 있었고 길에서 흔히 볼 수 있는 포스터 디자인도 할 수 있었으며 글자를 디자인하는 타이포그래피도 가능하다고 했다. 그렇지만 그건 보통의 수강생들이 가질 수 있는 목표고 강일은 오로지 한 달 동안 원하는 모양의 그림을 그려내는 것이 목표였다. 강일이 첫날 수업에 들어갔을 때 미리 이야기를 들었음에도 당황한 듯한 강사는 직접 강일에게 걸어와 수업을 들으면서 정확히 어떤 걸 해보고 싶냐고 물었다. 강일은 매일 지니고 다니는, 손바닥보다 조금 큰 일기장의 맨 뒤편을 펼쳐 미리 그려온 그림을 강사에게 보여줬다. 일렁이는 파도에서 수영하는 것 같은 사람 위로 돌고래 한 마리가 곡선을 그리며 물 위에 떠 있는 그림이었다. 강사는 그림을 보고 고개를 끄덕이며 직접 그린 것이냐고 물었다. 강일이 그렇다고 대답했더니 강사는 열심히 해보자는 말과 함께 자리로 돌아갔다. 분명 강사가 커다란 화면에 띄워주는 것을 눈으로 따라가면 별것 아닌 것처럼 보였다. 하지만 설명을 듣고 나서 실습 시간에 마우스만 잡으면 강일은 그렇게 목이 타고 눈이 뻑뻑해졌다. 커서만 빈 화면에 빙글빙글 돌려가며 도구를 찾는데 실습 시간에 절반을 썼다. 보통 50분 수업 동안 예제를 세 개 정도 완성하고 예제 하나당 7분 정도의 시간이 주어졌는데 강일은 시간 내에 예제를 완성해본 적이 첫날, 다양한 선 그려보기 말고는 한번도 없었다. 강일은 매번 수영 강습 시간에 설명을 해줘도 눈에 띄게 못 따라오는 회원들을 가끔 이해하지 못했는데 컴퓨터학원에 다니면서 그들의 고충을 진심으로 이해하기 시작했다. 누구나 남들에 비해 배는 노력해도 더딘 일들이 있었다. 수업이 끝나고서는 자연스레 연습을 할 수 있는 방으로 건너갔다. 학원이야 한 달을 더 다녀도 상관없지만, 공모전 날짜가 넉넉하지 않았다. 연습실에 들어서면 강일의 행동은 늘 똑같았다. 컴퓨터 전원을 켜고 가방에서 책을 꺼내 키보드 앞 좁은 틈에 펼쳐놓았다. 수업시간에 놓쳤던 부분을 빨간 볼펜으로 표시를 해놨는데 1주일이 지난 시점에 문제집에는 온통 빨간 칠이 되어 이제는 예제 앞 커다란 번호 앞에 V자 표시만 해두는 편이다. 여느 때와 같이 남들과 두 배는 차이 나는 속도로 천천히 마우스를 움직이는데 이상하게 화면이 멈춘 것처럼 아무것도 움직이지 않았다. 파일을 저장한 뒤 나갔다가 다시 프로그램을 열어봐도 도구 모양만 바뀔 뿐 원하는 대로 선택이 되지 않아 답답했다. 그렇게 30분을 모니터 앞에서 끙끙 앓았다. 강일은 누군가 뇌에 끈을 묶어 세게 조여오는 듯한 느낌에 눈을 질끈 감고 낮게 숨을 쉬려 노력했다. 차분해지려고 했다. 다시 차근차근 해보자. 강일이 벌써 다섯 번이나 껐던 프로그램 화면을 또 한 번 끄려고 하는 순간 옆에서 의자 끄는 소리가 들렸다. 레이어가 잠겨 있어서 그래요. 데스크 직원이었다. 매번 자신을 향한 차가운 눈초리만 보다가 퍽 따뜻한 말씨에 놀란 강일이 고맙다는 말도 잊어버리고 어색하게 마우스커서만 빙빙 돌려댔다. 그러자 직원이 손가락으로 자물쇠가 걸린 화면을 짚었다. 여기요. 이게 잠겨 있으면 뭘 해도 다 안 돼요. 강일은 그제야 창피하다는 의미의 웃음과 함께 허무하게 자물쇠를 풀어냈다. 자리를 뜰 줄 알았던 직원은 계속 강일의 옆자리를 지켰다. 그러고는 강일이 버벅대는 순간마다 차분히 안 되는 이유를 설명해줬다. 지금 선택된 건 스케치한 레이어인데 수정하고 싶으신 건 색깔 넣는 레이어잖아요. 그래서 안 지워지는 거예요. 강일은 직원의 일대일 지도가 부담스럽기도 했지만, 혼자 답답한 것보다는 낫다고 생각했다. 심드렁한 직원의 말투도 어느 정도 적응이 됐다. 예제 하나를 끝내면 코끝까지 내려온 돋보기를 눈앞으로 밀어올렸다. 직원의 도움 덕에 오늘은 무려 마감 시간 10분 전에 예제 과제를 끝냈다. 직원은 강일이 컴퓨터를 끄는 것까지 다 지켜봤다. 강일은 그 모습이 꼭 감시당하는 것 같아 조금 언짢아지다가도 매일 본인이 느리게 움직였던 걸 생각하면 그럴 만하다는 생각도 들었다. 퇴근이 얼마나 소중한 것인지 잠시 잊고 있었다. 강일이 가방에 책을 집어넣고 의자까지 책상 앞으로 밀어넣는데 옆에서 직원이 강일을 향해 말했다.

"죄송해요."

강일은 본인이 잘못 들은 줄 알고 직원을 물끄러미 바라보기만 했다. 직원은 강일의 셔츠 주머니 쪽을 바라보며 불퉁한 목소리로 말을 이었다. 집에 늦게 가는 게 짜증나서 예의 없게 굴었던 거요. 집에 가는 길 내내 기분이 나빴어요. 사실 회원님이 잘못한 건 없는데. 곰곰이 생각해보니까 제가 집에 가서 딱히 할 것도 없더라고요. 지난 며칠간 따가웠던 시선에 대해 사과하는 직원의 말에 강일은 두 손을 저었다. 제가 느려서 아주 답답하죠. 직원은 강일의 질문에 고개를 끄덕이며 대답했다. 네, 좀 많이요. 한창 달궈져 있던 본체에서 완전히 전원이 나가자 연습실이 단숨에 고요해졌다.
 "처음부터 잘하는 사람이 어디 있겠어요."
 "선생님은 성함이 어떻게 되세요."
 "저 선생님 아닌데. 그냥 알바인데요."
 "가르쳐주셨으니 선생이지요."
 "저는 서이영이라고 합니다. 인제 그만 가실까요."
 강일과 이영은 나란히 학원을 빠져나왔다. 두꺼운 유리문 앞에서 서로를 향해 목을 숙여 인사를 하고 반대로 찢어지듯 각자의 집을 향해 걸었다. 강일은 집으로 가는 길 내내 불퉁하게 친절했던 이영의 목소리가 계속 들리는 것만 같아 걷다가 문득 뒤를 돌아보곤 했다.

*

 출근했을 때 분위기가 심상치 않았다. 누군가 시청에 수영장을 신고했다는 이야기가 돌았다. 수영장에서 일하는 사람들은 이제 막 적응한 일자리를 다시 잃을 생각을 하니 속이 상한 듯했다. 강일의 옆자리에 앉는 허 씨도 30분 동안 벌써 한숨을 열 번이나 쉬었다. 강일 역시 아쉬운 건 마찬가지였으나 일부러 내색하지 않았다. 안 그래도 가라앉은 사무실 분위기에 더 보태고 싶지 않았다. 정 씨는 공용 테이블에 앉아 아마도 카페테리아 직원이 빼준 시들시들한 과일컵에 든 과일을 하나씩 빼먹으며 말했다. 이렇게 큰 수영장이 단번에 문 닫기도 어려울 거라며 자기 나름대로 축 처진 사람들을 응원했다. 정 씨의 말이 완전히 틀린 것은 아니라고 생각했다. 2층 공간 증축 공사가 이제 막 끝나는 시점이었다. 한번 사용도 못 해보고 문을 닫는 건 막대한 손해나 다름없기에 어떡해서든 수영장 측에서 방법을 찾지 않을까 하는 배짱 좋은 믿음이 있었다. 강일은 다른 것보다 기껏 준비하고 있는 공모전이 없던 일이 될까봐 걱정되었다. 사실 공식적으로 결정된 건 아무것도 없었다. 수영장 안에는 늘 많은 이야기가 떠다녔다. 그렇지만 강일은 여전히 사무실 벽면을 가득 메운 공모전 포스터가 어디로 날아가는 것도 아닌데 잠깐 휴게실에 들어올 때마다 매번 눈으로 훑었다.

 예전에는 쉬는 날이라면 거의 집에서 그림을 그렸다. 화연의 그림을 따라 그렸다. 가장 왼쪽에 화연의 그림을 두고 차례로 강일이 따라 그린 그림을 진열해보면 그림의 주인이 누구인지 헷갈릴 정도로 화연의 그림을 아주 똑같이 모방해내는 강일이었다. 그러나 요즘은 시간이 나면 컴퓨터 앞에 앉는다. 아직 제대로 된 그림은 시작도 못했고 도구를 익히기 바빴다. 이영은 가끔 강일이 고군분투하고 있는 연습실을 찾았다. 오래는 자리를 비우지 못한다며 막히는 게 있으면 질문을 하라는 말도 먼저 해왔다. 강일은 보통 본인이 해

우리와 함께하시겠습니까

결하려고 했으나 프로그램을 껐다 켜보기도 하고 자물쇠를 수없이 확인했는데도 잘 안될 때는 이영에게 도움을 청했다. 이영은 그럴 때마다 별로 어려운 건 아니라는 듯 상황을 척척 해결해냈다. 마우스를 몇 번 움직이고 강일이 제시한 문제 상황을 해결했다. 그러고는 다시 키보드를 몇 번 두들기더니 원래 문제의 상황을 만들어놓고 처음부터 뭐가 문제인지 강일에게 차근차근 설명했다. 강일은 강사로 일하고 있는 자신보다 이영이 가르치는 일에 더 소질이 있는 것 같았다. 그러던 어느 날 이영이 강일에게 물었다.

"저 뭐 하나 여쭤봐도 돼요?"

"그럼요."

"강일 회원님은 이거 왜 배우세요?"

"…… 공모전에 참가하려고 배웁니다."

공모전이라는 말에 이영의 고개가 강일을 향해 돌아갔다. 강일은 이영에게 지금 다니고 있는 회사에서 진행하는 공모전에 참여하기 위함이라고 설명했다. 그러자 이영이 아는 척을 해왔다. 수영장 추천으로 등록하셨다고 했죠. 저도 거기 알아요. 저희 할머니가 다니시거든요. 다시 강일에게 마우스를 넘긴 이영은 강일이 다시 예제를 따라가는 걸 확인하고서 말을 이었다. 저희 할머니는 돈 써서 뭐 배우고 이런 거 절대 이해 못하시거든요. 그런데 그 수영장은 계속 다니시더라고요. 안에 시설도 엄청 좋다면서요. 이영의 말에 강일은 너털웃음을 지으며 이영 쪽으로 몸을 반쯤 돌렸다.

"그런 편이지요. 할머니께서 몇 시 수업을 들으세요?"

"6시요. 친구가 소개해줘서 제가 신청해드렸는데 그 시간대가 제일 인기 많다고 그러길래요. 그리고 우리 할머니는 잠이 없으셔서. 그런데 거기서 무슨 일 하세요?"

"수영을 가르칩니다."

"와, 진짜요? 실버클래스는 강사님도 실버구나⋯⋯ 신기하다."

이영이 의외라는 듯 몸을 뒤로 물렸다. 그러고는 마저 예제를 이어 하라는 듯 양손으로 책을 가리켰다. 마치 일어날 것처럼 하던 이영이 화면을 보고 집중하려던 강일에게 물었다. 그러면 무슨 공모전 참여하시는 건데요? 하얀 화면에 까만 마우스포인터를 빙빙 돌리며 위치를 잡던 강일이 다시 몸을 돌려 이영을 바라보며 대답했다.

"회사 로고 공모전입니다."
"원래 그림 그리는 거 좋아하시나봐요."

강일의 마우스가 완전히 멈추고 대신 대화가 오갔다. 아내가 화가였던 이야기부터 강일이 은퇴를 하고 몇 년 지나지 않아 유방암으로 아내가 떠난 이야기, 그 먼 바닷가 마을에서 도시로 이사와 자리를 잡는 데 꽤 오랜 시간이 걸린 것까지. 이영 역시 계약직을 전전하다 직장 내 괴롭힘으로 홧김에 회사를 관둔 이야기부터 집에만 있으면 할머니 눈치가 보여 있을 수 없어서 데스크 일을 하게 되었다는 대답을 간단히 늘어놓았다. 우리 할머니는 쉬면 큰일나는 줄 알아요. 하도 들어서 그런가? 저도 오래 쉬면 진짜 큰일이 날 거 같아요. 지금은 잔잔해도 갑자기 확 몰려오는 거 있잖아요. 저는 잠깐 일시정지를 누르고 싶은데 그게 안돼요. 계속 재생중이에요. 그런데 뭐가 어떻게 돌아가는지는 잘 모르겠어요. 이영은 말을 끝내고 머쓱한지 목덜미를 손으로 쓸어내리며 살짝 책상에 기울어져 있던 몸을 반듯하게 일으켜세웠다. 그냥 신기해서요. 대단하세요. 저는 지금 뭘 배우고 싶지 않거든요. 강일님은 저보다 열정이 많으신 거 같아서. 그게 신기해서 물어보고 싶었어요. 저는 열정 같은 건 시간이 지날수록 닳는 건 줄 알았거든요.

이제 진짜 방해하지 않겠다는 뜻으로 이영이 다시 한번 책을 향해 양손을 들이밀었다. 강일은 그런 이영의 말에 잠깐 멈춰 있다가 다시 마우스를 잡고 흰 화면 위로 검은색 마우스포인터를 찾아 손목을 빙빙 돌려댔다.

월요일

내게 좋은 선생님이 생겼어. 처음에는 조금 쌀쌀맞은 줄 알았는데 말투만 심드렁하지 아주 친절한 사람이야. 요즘 수영장에는 이런저런 말이 많이 돌아. 나는 흔들리지 않으려고 하는데 옆자리에 앉은 허 씨가 한숨을 푹푹 쉬면 괜히 나도 바닥으로 가라앉는 기분이야. 선생님이 내게 물어보더군. 원래 그림 그리는 걸 좋아하냐고. 그렇게 당신의 그림을 따라 그리면서도 내가 그림 그리는 걸 좋아하는지는 생각해본 적 없었어. 지금도 그때도 내게는 멋있는 당신의 일을 흉내 낸다고만 생각했었지. 오랜만에 당신의 그림을 따라 그린 내 그림을 거실 바닥에 펼쳐두고 쳐다봤어. 이제는 내가 당신보다 조금 더 잘 그리는 것 같다는 생각도 했지. 만약 젊어지면 뭘 하고 싶냐는 질문에 이제야 답을 할 수 있을 것 같아. 남은 시간에는 그림을 그리고 싶어. 당신이 그토록 보고 싶어 했던 내 그림 말이야.

*

딸깍딸깍. 강일이 열심히 마우스를 누르는 소리로 가득찬 연습실에 정적이 찾아왔다. 잠겨 있는 레이어도 없고 수정할 레이어도 정확히 설정했는데 컴퓨터 화면이 원하는 대로 움직이지 않았다. 크게 한숨을 내쉰 강일이 자리에서 일어나 데스크로 향했다. 비어 있는 자리를 보고 두리번거리는데 그때 마침 유리문이 열리며 이영이 들어왔다. 코를 한번 훌쩍인 이영이 우뚝 서 있는 강일을 보고 물었다. 뭐가 안되세요? 코를 잔뜩 마신 것 같이 이영의 맹맹한 목소리에 그렇다고 대답하는 강일의 눈에 붉은 눈가가 보였다. 이영은 아무 말 없이 연습실로 향했다. 오늘따라 터덜터덜 걷는 것 같은 이영의 뒤로 강일이 따라 들어갔다. 이영은 몇 번 마우스를 움직이고 키보드를 만지작거리더니 컴퓨터가 멈춘 거라고 했다. 어떡하죠. 이거 저장도 안 됐을 텐데. 프로그램을 강제로 끄면서 말을 하는 이영의 목소리가 아직도 먹먹했다. 강일은 어쩔 수 없다고 대답하면서 이영에게 무슨 일이 있는지 물을까 말까 고민했다. 그러나 의외로 또 한번 크게 코를 들이마신 이영이 먼저 말문을 열었다.

125명 중에 한 명만 뽑아요. 제가 124명에 드는 거 이해해요. 그런데 한편으로는 선택되는 1명이 제가 왜 아닌지 잘 모르겠어요. 왜 제가 그 한 명이 아닐까, 자꾸 저를 미워하게 돼요. 맨날 문자로는 함께하지 못해서 아쉽대요. 아쉬우면 뭐가 아쉬운지 알려줘야 할 거 아니냐고요. 이제는 뭘 고쳐야 하는지도 모르겠어요. 매일 마음이 바뀌어요. 엄청 치열해보고 싶다가도 그냥 다 관두고 싶어요. 저도 저를 잘 모르겠어요. 우리 할머니는 그냥 사니까 사는 거래요. 회원님도 그러세요? 원래 다 그냥 사니까 사는 건가요? 저만 의미를 찾는데 무리하게 시간을 쏟는 걸까요? 다들 잘 모르는데 그냥 아는 척을 하면서 사는 건가요?

말을 하다 서러움을 이기지 못하고 양손으로 두 눈을 집어넣듯 꾹 누르고서 울음이 터진 이영은 세상을 잃은 사람처럼 꺽꺽대며 울었다.

"저는 사실 일하기 싫어요. 너무너무 싫어요. 아무것도 안 하고 싶어요."

강일이 자리에서 일어나 책상 끝에 놓여 있는 갑티슈를 가져다 이영 앞에 밀었다. 강일은 코가 벌게지도록 휴지로 얼굴을 문지르는 이영이 안쓰러웠다. 강일의 눈에 이영은 아주 명민했다. 자신과 비교하는 것은 큰 의미가 없긴 하지만, 이영은 모든 면에서 강일보다 나았다. 적어도 본인이 못난 거 같다며 서럽게 울며 비관할 처지는 확실히 아니었다. 이영이 사는 세상은 분명 강일이 사는 세상과 같고 또 달랐다. 얼마 전까지 일을 찾아 헤맸던 자신을 생각하면, 앞으로 살아갈 날이 훨씬 많이 남은 이영에겐 자신이 느꼈던 것보다 눈앞에 닥친 문제가 훨씬 무섭고 무거울 걸 이해했다. 일이라는 건 참 희한했다. 다닐 때는 그만두고 싶고 그 울타리를 벗어나면 다시 들어가지 못해 애를 쓰다니. 강일이 홋줄에 엉킨 동료의 일을 잊지 못하는 것처럼 이영 역시 사무실이라는 곳으로 돌아가기 두려운 무언가가 남아 있는 것 같았다. 일하는 것에 대한 행복을 깨달은 지 몇 년 되지 않은 강일은 그 어떤 말도 이영에게 섣불리 위로라고 건넬 수 없었다. 은퇴하고도 한참 뒤에 그 기쁨을 알게 되었다는 이야기는 이영에게 너무 까마득하고 오히려 저주처럼 들릴지도 모른다. 이영은 한참 뒤에 숨을 고르고는 콧물을 흘리면서 다시 마우스를 잡고 프로그램을 켰다. 강일이 만드는 데 30분이 넘게 걸렸던 예제 기본 그림을 5분도 채 안 되는 시간에 뚝딱 만들어놓고는 자리에서 일어났다. 모르시는 거 있으면 불러주세요. 눈물에 젖은 휴지를 똘똘 뭉쳐든 이영은 강일에게 고개 숙여 인사하고 밖으로 나갔다. 강일은 이영의 뒷모습이 사라질 때까지 반쯤 닫힌 연습실 문을 바라봤다.

*

 강일이 맡은 기초반은 가장 첫 타임임에도 불구하고 출석률이 높았다. 콧물을 흘리며 감기 기운이 있음에도 수업시간을 견디고 체온유지탕에서 시간을 보내러 오는 회원도 있었다. 모든 수업이 끝나면 수영장 안은 사람들의 말소리가 울려 시장통에 서 있는 것 같았다. 강일은 카페에서 야채주스를 주문해놓고 바쁘게 움직이는 카페 직원들을 물끄러미 바라봤다. 젊은 청년의 얼굴을 한 직원이 스피커에서 나오는 음악에 맞춰 어깨를 흔들며 옆에 나란히 선 직원과 장난을 쳤다. 코끝이 빨개지도록 울던 이영이 떠올랐다. 사실 모두가 모르는 것을 아는 척하며 사나는 이영의 질문에 제대로 된 위로나 대답을 해주지 못한 건 강일 역시 그 질문에 대한 답을 아직도 잘 모르기 때문이다. 로비에 꽉 차게 들어앉아 면접을 기다리던 사람들. 그곳에서 살아남고 싶다고 생각했던 자신. 여든이 되어서도 끝이 없는 치열함에 대해 의문이 들었다. 왜 그토록 지겨워하던 일을 이토록 하고 싶게 되었는지. 젊었을 때와 지금이 뭐가 다른 건지. 감히 견디면 된다는 말을 이영에게 쉽게 해도 되는 건지. 우리는 왜 멈추는 것을 두려워하는지. 대책도 없이 길기만 한 수명은 대체 우리에게 어떤 걸 가져다주는지.

주말을 지내고 만난 이영은 원래의 모습으로 돌아왔다. 학원에 나간 지 3주에 접어드는 강일은 이제 손으로 그렸던 그림을 차근차근 화면으로 옮기게 되었다. 어색한 곡선을 다듬는 데만 30분 가까이 쓰다가 결국 이영에게 도움을 청했다. 늘 그렇듯 금방 강일이 생각한 모습을 만들어냈다. 이영은 별것 아니라는 듯 어깨를 으쓱이며 그날은 잊어달라는 말만 하고서 강일의 대답을 듣지도 않고 연습실을 빠져나갔다. 강일은 이영이 나가고 나서 혼자 고개를 끄덕였다. 그러나 쉽게 잊힐 것 같진 않았다.

결국 수영장에는 공문이 내려왔다. 이번달 수업이 끝나면 잠시 휴장 기간을 갖는다는 내용이었다. 정해진 것도 없으면서 회원들에게는 재개장에 대한 안내를 잊지 말고 해달라는 내용이 강조되어 있었다. 강일은 공문을 확인하자마자 홍보부로 향했다. 지난번 자기계발 영수증을 제출하러 왔을 때와는 다르게 강습부와 마찬가지로 조금은 가라앉은 듯한 분위기의 사무실에서 익숙한 얼굴을 찾았다. 홍보부의 복자 역시 강일을 알아보고 무슨 일로 왔냐며 먼저 물었다. 공모전 일정에 변경이 있나요. 복자는 고개를 저으며 그런 얘기는 없었다고 했다. 강일은 다행이라고 생각했다. 정확히 휴장에 대한 일정이 나오지 않았지만, 마냥 기약이 없는 것처럼 느껴지진 않았다.

컴퓨터학원에서 강일은 같은 반 사람들과 달리 특별 지도를 받았다. 이영과 비슷한 또래의 수강생들이 열심히 영화 포스터 디자인을 흉내 내고 있을 때 강일은 강사의 도움을 받아 돌고래를 그렸다. 수업이 끝나면 어색하게 찌그러진 돌고래에게 둥근 곡선을 만들어주기 위해 이영에게 도움을 청했다.

금요일
오늘은 다른 모양의 파도를 여러 번 그려봤어. 나는 오른쪽 파도 끝이 둥글게 말린 형태가 마음에 드는데 이영 선생은 파도 모양이 일정한 게 더 눈에 띈다고 하더라고. 나는 선생님의 말씀을 듣기로 했어. 이제 완성까지 1주일도 남지 않았어. 수영장이 문을 닫는 날도 비슷하게 남았어. 쉬는 동안 그림을 잔뜩 그려볼 생각이야. 바다에도 한번 가볼까 해. 이제는 가보는 것도 괜찮을 것 같아.

*

  동그란 원형 안에 강일이 그리고 싶었던 세 가지가 모두 담겼다. 파도, 수영하는 사람 그리고 돌고래. 완성된 그림을 보고 뿌듯함을 느낀 강일은 파일이 저장되었는지 몇 번이고 확인했다. 수업시간에 완성한 덕분에 처음으로 연습실이 아닌 데스크로 직행했다. 강일의 오른손에는 상아색의 조그만 쇼핑백이 들려 있었다. 쇼핑백 안에는 마카롱이 들어 있었다. 조카손녀 가은이가 하원길에 가끔 지원이의 손을 끌며 들어가던 디저트가게 것이었다. 강일이 이영을 안쓰러워했던 것처럼 이영도 강일에게 안쓰러운 부분이 있어 도움을 줬다는 걸 알고 있었다. 아주 간단하고 단순한 보답이었다. 학원에 오자마자 전하려고 했는데 데스크 자리가 비어 있는 바람에 수업이 끝날 때까지 쥐고 있었다. 그러나 데스크에는 못 보던 얼굴이 앉아 있었다. 이영을 찾아 두리번거리는 강일에게 낯선 직원이 봉투 하나를 건넸다. 손바닥만한 편지 봉투였다. "강일 회원님 맞으시죠? 이영 씨가 전달해달라고 하셔서요. 오늘부로 그만두셨거든요."

강일은 집에 도착하자마자 돌고래 파일을 소중히 담은 USB도 식탁 위에 대충 던져두고 봉투부터 열어보았다. 파도가 번진 듯한 푸르른 물감이 뒤섞인 엽서 뒷면에는 글자가 빼곡히 적혀 있었다.

강일 회원님. 저는 갑자기 다른 곳으로 일하러 갑니다. 인사도 못하고 떠나서 아쉬운 마음에 몇 자 적어봅니다. 어제까지는 엄청 운이 안 좋다고 생각했는데 오늘은 막상 합격 소식을 들으니까 원하지도 않은 운이 따라왔다는 생각이 듭니다. 운이 좋은 건지, 안 좋은 건지 모르겠습니다. 사실 지원했는지도 까먹고 있었습니다. 무슨 일 하는 회사인지도 통화를 하면서 기억해냈습니다. 제가 이런 말을 하면 분명히 우리 할머니는 배가 불렀다고 할 것 같습니다. 그래서 할머니에겐 말하지 않을 생각입니다. 강일 회원님이 제게 도움을 요청할 때마다 솔직히 좋았습니다. 저를 쓸모 있는 사람으로 만들어주셔서 감사했습니다. 강일 회원님 앞에서는 제가 일러스트 박사가 된 기분이라 재밌었습니다. 로고 완성까지 보고 싶었는데 아쉽습니다. 새로 가게 될 회사가 얼마나 엉망일지는 대충 예상이 갑니다. 오죽 급하면 당장 출근하라고 난리네요. 부디 공모전에 채택되시길 응원하겠습니다. 아마 될 거예요. 회원님이 그리신 로고 정말 귀엽거든요. 그럼 건강하세요.

―이영 올림

  강일은 동글동글한 이영의 글씨를 보며 내내 답을 해주지 못했던 질문이 마음에 걸렸다. 새로운 곳에 간다는 게 얼마나 긴장되는 일인지는 불과 몇 개월 전에 겪어서 잘 알고 있었다. 뒤늦게나마 낯선 곳에서 애처로운 혜엄을 시작할 이영에게 운의 높낮이에 너무 상심하지 말라고 답해주지 못한 게 못내 아쉬웠다. 살면서 몸에 부딪히는 파도들에 쉽게 깎여나갈 필요가 없다는 사실도. 우리는 모두 끝이 없는 수평선의 중앙,

아무도 가본 적 없는 망망대해 그 아래로, 우리가 사는 시간은 결국 검푸른 우주 속으로 가는 과정이라는 것을. 어차피 한길로 통하기 마련이라고. 그렇게 생각하면 미안함도 두려움도 조금씩 덜어진다는 것을 나도 이제야 깨달았으니 짧은 시간에 답을 얻지 못해도 너무 상심하지 말라는 말이 엽서 위의 글자를 더듬는 손끝에 고였다.

남의 사랑

올해로 세 살이 된 은우는 유독 단체생활에 적응을 못했다. 딸 윤주의 말로는 등원하는 첫날부터 쉽지 않았다고 했다. 어린이집 문을 보자마자 대성통곡을 하더니 문앞에서는 윤주에게 매달려 한 발자국도 못 움직인다는 듯 버텨서 아주 난감했다고 했다. 나는 안 그랬던 것 같은데 걔는 왜 그런지 모르겠어. 그날 윤주가 퇴근길에 전화해서 속상하다며 울먹이던 목소리를 또렷하게 기억한다. 그 목소리를 듣고 있는 내 마음이 당연히 편할 리 없었다. 은우가 어린이집에서 기절할 것처럼 울어젖히는 날이면 윤주는 곤란해하는 목소리로 내게 전화했다. 엄마 미안해, 오늘만 은우 좀 잠깐 봐주면 안 될까? 윤주가 그럴 때마다 나는 이렇게 답했다. 걱정하지 마. 진심으로 윤주가 걱정하지 않길 바랐다. 전화는 점점 잦아졌다. 쌓여가는 딸의 부탁에 마음이 불편했던 이유는 갑작스레 맡게 된 손주 때문이 아니라 딸과 같은 회사에 다니는 사위, 정환으로부터는 단 한 번도 전화가 오지 않았기 때문이다.

사실 윤주에 비해 꼭 해야 할 일이 없는 나로선 세 살배기 손자를 봐주는 게 어려운 일은 아니었다. 나는 이제껏 마음에 선을 하나 두고 살았다. 살다보면 화를 내게 되는 명확하지 않은 이유들이 있다. 그런 걸 촘촘히 이어붙이다보니 선이 되었다. 윤주가 은우만했을 때 그 선을 넘으면 나는 윤주를 가차없이 잘라내거나 호되게 혼냈다. 운다고 달라지는 거 없댔지. 엄마가 또박또박 이야기하라고 했지. 내가 온전히 이해할 수 없는 서러움이 있다는 걸 알고 있음에도 아이의 울음이 나를 향한 반항이라고 느껴질 때가 있었다. 그러나 손자는 딸과 달랐다. 하루에도 그 선을 몇 번이나 위태롭게 오갔다. 그런데도 나는 단호히 굴지 못했다. 안아달라고 내 주먹의 반도 안 되는 발을 구르며 떼를 쓰는 아이에게 쉽게 양팔을 벌려주곤 했다. 누굴 닮아서 이렇게 우는 것도 잘 울까? 우리 은우는. 손바닥보다 조금 넓은 등을 토닥이며 질문을 해도 아직 말을 배우지 못한 아이에게 돌아오는 대답은 없었다. 예전에는 이렇게 안고 있으면 솜털 인형 같았는데 요즘에는 확실히 그 안이 단단한 무언가로 채워지고 있는 것이 느껴졌다. 한번 안고 나면 어깨가 주저앉는 것 같았다. 은우는 항상 두 볼이 벌게지도록 울어젖히고 나서는 내 목을 세게 끌어안아왔다. 그 힘은 세 살짜리 팔뚝에서 나오는 것이라고는 믿어지지 않을 정도로 대단히 억셌다.

*

윤주를 낳고 얼마 지나지 않아 남편이 교통사고로 세상을 떠났다. 그런 일은 남에게만 일어나는 건 줄 알았다. 백일이 겨우 지난 아이를 끌어안고 한동안 죽은 사람처럼 벽에 등을 기댄 채 매일을 흘려보냈다. 왼쪽으로 다섯 걸음, 오른쪽으로 다섯 걸음. 방문에서 벽 끝까지 좁은 걸음으로 열 번이면 오가는 방 한 칸이 떠나가라 울어젖히는 아이를 보면 나도 함께 울었다. 당시에 세를 살던 집에는 주인 할머니 한 분과 나와 비슷한 또래의 신혼부부가 살았다. 가로로 세 칸이 이어진 집에서 각각 한 칸씩 차지하고 살았다. 우리는 방만큼이나 협소한 마당을 공유했다. 특히 옆집에 사는 부부는 아이가 생기지 않아 윤주가 태어났을 때 유독 부러워했었다. 방에서 한 발자국도 움직이지 않았다. 아이가 배가 고프다고 울어젖히기 시작하면 젖을 물렸지만 내 입으로 들어가는 게 없으니 그마저도 금방 닳았다. 주먹만한 얼굴로 방 세 칸이 울릴 정도로 우는 아이를 보고 있는데 어느 날은 주인 할머니가 미간 사이에 산을 만들고 세차게 문을 열어젖혔다.

쿵 소리와 함께 방바닥이 울리도록 거의 내던져진 소반 위에는 하얀 쌀밥과 멀건 된장국이 올라가 있었다. 나는 아직도 종종 소파에 등을 대고 앉아 있을 때 그 향이 코끝에 맴돈다. 그때만큼 고통스러웠던 시간이 없으니 그리운 것은 아닌데 내 몸은 주기적으로 그

시간을 멋대로 돌이켰다. 작은 방 한 칸도 남편이 역사를 짓는 곳에서 모래를 퍼다 나르며 몇 달간 모아 겨우 얻은 거였다. 그런 형편이었으니 쥐고 있는 게 있을 리 없었다. 소반은 매일 아침 10시가 되면 늘 같은 자리에 떨어졌다. 대체로 멀건 된장국이 올라왔는데 어떤 날엔 옆 칸 새댁이 사온 두부가, 어떤 날엔 주인 할머니의 기분이 남달라서 사온 건새우가 듬뿍 들어 있었다.

그렇게 며칠을 보냈는지는 정확히 알 수 없었다. 정신이 들고 나서는 무작정 일을 찾아 아이를 등에 업고 시장을 걸었다. 하나같이 입을 맞춘 것처럼 딱한 사정은 이해하나 등에 업은 아이 때문에 일을 맡기기가 어렵다는 말뿐이었다. 끝이 없는 시장통을 최선을 다해 훑었는데도 받아주는 곳이 하나 없었다. 내일 다시 옆 동네 시장이라도 돌아다녀보자 결심하고 집으로 돌아왔더니 사색이 된 얼굴의 주인 할머니가 솥뚜껑같이 두툼한 손바닥을 휘적이며 내가 서 있는 대문으로 뛰어오셨다. 아이고, 감사합니다. 감사합니다. 내 손과 어깨를 붙잡고 하늘을 향해 감사 인사를 올리는 할머니의 얼굴을 그토록 가깝게, 그렇게 오래 쳐다본 건 처음이었다. 처음 보증금 없이 들어오려면 석 달 치 월세를 한 번에 줘야 한다고 했을 땐 인상이 조금 사나운 줄 알았는데 가까이서 보니 할머니의 눈, 코, 입은 모두 동그란 편이었다. 특히 눈꼬리는 아주 길게 처져서 얼핏 보면 눈물 자국이 있는데도 웃고 있는 것처럼 보였다.

 그날 저녁에는 처음으로 집안 모든 사람이 주인 할머니의 방에서 다 함께 저녁을 먹었다. 한마디도 오가지 않고 숟가락이 밥그릇에 부딪치는 소리만 연달아 들리는데 옆 칸에 사는 새댁 남편이 내게 조심스레 말을 걸었다. 삼촌이 시장 골목 끝에서 국밥집을 하시는데 급히 사람이 필요하다고 해서요. 혹시 관심이 있으시면…… 나는 그이가 문장을 마치기도 전에 세차게 고개를 끄덕였다. 태어나서 설거지라고는 고작 집에서 밥그릇 몇 개 씻어본 게 전부였던 나는 1주일 만에 무거운 뚝배기를 하루에 몇십 개씩 닦아냈다. 지금은 굵기만 할 뿐 힘이 다 빠져 물만 닿아도 시린 손가락은 그때 젊음을 믿고 그 무거운 뚝배기를 두 개, 세 개씩 집어들었던 것에 이유가 있을지도 모른다. 지금 와서 생각해보니 고맙다는 말을 잊었다. 나는 그때 그 짧은 한마디도 건넬 겨를이 없을 만큼 삶에 굉장히 절박했다.

*

나는 수영장에 있을 수 있는 시간에 한계가 있었다. 수영장을 떠나는 마음은 늘 아쉽기만 했다. 수영장을 내려다보는 것처럼 세워져 있는 전광판 속 시계에 숫자 '12'가 뜨면 나는 어김없이 즐겁게 떠들고 있는 사람들을 뒤로하고 자리에서 일어나야 했다. 그때만큼은 눈에 넣어도 아프지 않은 손자가 살짝 원망스럽기도 했다. 사실 살짝보다 조금은 더 많이. 나는 발밑에 보이는 돌고래를 계속해서 지나쳤다. 열 마리만 채우자. 딱 열 마리만. 돌고래 한 칸, 파도 한 칸, 돌고래 한 칸, 파도 두 칸, 다시 돌고래 두 칸, 파도 한 칸. 아쉬운 마음에 넓은 샤워실에서 파도 위로 둥그렇게 몸을 마는 돌고래를 실컷 구경했다. 말도 안 되는 억지로 겨우겨우 1분도 채 되지 않는 시간을 끌고는 하루에 딱 한 번 내게 충실한 행복을 가져다주는 문을 밀어 열었다. 펑— 하고 터지는 연기를 바라보며 두 눈을 질끈 감았다. 아, 너무 나가기 싫다. 최대한 느린 움직임으로 걷는 발바닥은 샤워실을 벗어나 탈의실로 돌아올 때까지 계속 축축했다. 몸을 꼼꼼히 닦아주세요. 미끄러움 주의. 탈의실 벽면에 크게 붙여놓은 글자들을 보며 시키는 대로 몸에 묻은 물을 구석구석 닦아내고 로커 앞에 섰다. 그렇게 닦아내도 어떤 날에는 유독 발밑에 물이 흥건히 고여 있을 때가 있었다.

 오늘은 어쩐 일로 낮잠을 잔 건지 보기 드물게 빵긋빵긋 웃는 얼굴로 어린이집 버스에서 내린 은우가 몸을 옆으로 ㄱ자 모양을 만들며 선생님과 인사했다. 은우야 똑바로 인사해야지. 또래보다 말이 느린 은우가 요즘 제일 입에 달고 사는 말은 '아니야'였다. 다시 한 번 인사를 해보라고 이야기하면 은우는 어김없이 발을 구르며 나를 향해 두 팔을 벌렸다. 아이가 발을 구르는 행동이 내게는 일종의 신호탄같이 느껴진다. 그뒤에는 더 큰 폭발이 일어날 거라는 예고. 그리고 나는 그 모습을 극도로 피하려는 경향이 있었다. 내 손가락의 한 마디 정도 되는 작은 입술이 씰룩거리기 시작하면 나는 더 큰 문제가 닥치기 전에 나오려는 한숨조차 삼켜내고 아이를 번쩍 안아올렸다. 선생님과 제대로 마무리하지 못한 인사는 내가 허리를 숙여가며 내 품에서 끝냈다.

은우는 윤주와 정환이를 정확히 반씩 담고 있었다. 쌍꺼풀 없이 큰 눈은 윤주를 닮았고 동그란 콧방울은 정환이를 닮았다. 아무 표정도 짓고 있지 않을 때 살짝 휘어올라간 입꼬리는 윤주를 닮았고 뾰족한 귀 끝은 정환이를 닮았다. 기질이 예민한 아이는 살이 안 찐다는 말이 그저 낭설일 뿐이라는 건 은우를 보고 깨달았다. 그나마 다행인 일이었다. 매일 간식으로 먹는 두유를 쥐고 앉아 통통한 두 다리를 앞뒤로 흔드는 은우를 보고 있으면 나는 가끔 기분이 이상해졌다. 나는 윤주가 줄곧 나를 닮았다고 생각했다. 생긴 것도, 성격도, 행동도 전부. 생각해보면 윤주가 갓 태어났을 때는 남편과 머리를 맞대고 서로의 어떤 점을 닮았는지 자기 직전까지 맹렬히 토론했던 것 같다. 그 기억은 너무 희

미해서 가끔 내가 만들어낸 것 같다는 생각이 들기도 한다. 뇌를 면포 주머니에 넣고 꾹 짜내듯 오래된 기억을 비틀어놓으면 그제야 어떤 목소리가 떠오른다. 윤주 코는 나랑 똑같아, 당신 코는 주먹코잖아, 하고 킬킬대며 나를 놀리던 낮고 깊은 목소리.

*

  윤주의 집에 들어온 지도 어느덧 6개월이 지나가고 있었다. 은우가 어린이집에서 보내는 시간을 극도로 힘들어한다는 선생님의 말씀을 들은 날 윤주는 은우를 찾으러 와서는 낡은 소파에 쓰러지듯 누워 다짜고짜 엉엉 울었다. 엄마 나 너무 힘들어. 내가 뭘 어떻게 해야 할지 모르겠어. 윤주가 다 크고 나서 저렇게 입을 벌려가며 우는 건 처음이었다. 얼굴을 일그러트리며 우는 윤주의 얼굴에서 은우가 보였다. 또 30여 년 전 내 품에 있던 윤주가 보였다.

  윤주는 내 자랑이었다. 많이 해주진 못해도 최선을 다해 키웠다. 고맙게도 윤주는 그런 나를 이해해줬다.

엄마가 못 가서 미안해. 어떤 일이었는지 기억도 잘 나지 않았다. 무수히 많았던 거절과 사과. 윤주는 그럴 때마다 엄마가 돈 벌어오는 게 훨씬 좋다며 씩씩하게 되레 나를 위로하는 아이였다. 나는 윤주가 씩씩할 때마다 마음속에 일종의 부채감이 쌓였다. 기저에 깔린 것은 분명 고마움이지만 내가 모든 것을 포기하려고 했을 때, 그때를 다 기억하고 있는 윤주가 나를 향해 복수하는 것 같다는 괴상한 생각이었다. 엄마는 나를 쉽게 포기하려 했지. 난 아니야. 내 앞에서는 늘 호방한 윤주의 뒷모습은 나를 향해 그렇게 말하는 것 같았다. 윤주는 내겐 이길 수 없다는 걸 알면서도 이따금 눈싸움을 거는 태양 같은 존재였다.

도와달라는 윤주의 말에 일말의 고민도 하지 않고 살고 있던 빌라를 정리한 건 오래 쌓아온 나의 응어리를 풀어내기 위함이었다. 내 인생은 오로지 내가 책임져야 할 것들을 위해 살아왔지만, 그런데도 아쉬운 것들이 있었다. 다시 쓰고 싶은 순간을 바로잡기 위해서 나는 윤주의 곁에 있기로 결심했다. 윤주가 소파에 쓰러져 울었던 날에는 정환이도 은우와 윤주가 있는 내

집으로 퇴근했다. 정환이는 집에 들어서자마자 이미 지쳐 쓰러져 잠든 윤주를 확인하고 나왔다. 방을 나오며 목을 조이고 있던 남색 타이를 풀어헤치는 정환이의 얼굴도 못지않게 지쳐 있었다.

처음 윤주가 결혼하고 싶은 사람이 생겼다고 했을 때, 그 말을 하는 윤주의 손을 잡고 펑펑 울었다. 윤주는 나를 혼자 두는 것 같아 미안하다고 울었고 나는 부디 나와는 다른 팔자로 살았으면 싶어 울었다. 윤주에게 정환이의 어디가 좋냐고 물었더니 서로가 많이 닮았다고 했다.

"정환이는 어머니 없이 자랐어."

"응…… 그랬구나."

"나랑 똑같아."

윤주가 정환이를 자신과 똑같다고 한 것은 자신만큼이나 잘 자랐다는 의미로 말한 거겠지만, 나는 덜컥 놀랐다. 윤주로부터 무언가 부족하게 자랐다는 말을 들을 때면 항상 그랬다. 그 말을 윤주가 했건, 아니건. 물론 나 역시 윤주를 혼자 키웠다는 것이 자랑스럽기도 했지만, 가끔 억울하기도 했다. 남편이 일찍 죽은 것이 내 탓도 아닌데 내 잘못인 것만 같은 기분. 특히 윤주의 입으로 엄마만 있어도 괜찮다는 말을 들을 때마다 더 그런 생각에 깊게 매몰되었다.

정환이는 윤주 말대로 윤주와 많이 닮았다. 모난 곳 없이 둥글둥글한 성격하며 성실한 것까지도. 흡연도 하지 않고 술은 체질적으로 받질 않아 윤주를 업고 들어오는 날은 있어도 내 앞에서 정환이가 무너지는 날은 오늘까지 단 하루도 없었다. 두 사람은 운이 좋게 청약에 당첨되었다. 입주까지 6개월을 남기고서 마땅히 갈 곳이 없어 지금 사는 아파트에 들어가기 전에 낡은 빌라에서 셋이 함께 살았다. 금남의 구역이나 다름없었던 그 좁은 빌라에 정환이가 아주 작은 캐리어를 들고 들어왔던 모습이 아직도 선연하다. 그만큼 나도 굉장히 인상 깊고 어색한 경험이었다.

비록 내게 아이를 맡아달라는 전화는 하지 못하지만 그래도 정환이는 좋은 사람이었다. 세상에 완벽한 사람은 없다. 누구나 장단점을 가지고 있다. 단점이 세 개여도 장점이 일곱 개라면 좋은 사람이라고 생각했다. 그런 기준으로 정환이는 좋은 사람인 편이었다. 정환이가 나를 어려워한다는 건 첫 만남 이전부터 알고 있었다. 윤주가 설명해주기를 엄마라는 존재 자체를 어색해하는 것 같다고 했다. 너무 어색해해도 엄마가 좀 봐줘. 여자만 사는 우리집이랑 다르게 정환이네 집에는 아버지와 두 살 많은 형과 살아왔다고 했다. 그래서인지 정환이는 같이 살면서도 모든 행동이 굉장히 조심스러워 보였다. 어떤 때에는 우리집에 얹혀산다고 생각하는 것처럼 느껴지기도 했다. 정환이는 아주 작은 행동 하나하나 윤주에게 허락을 구했다. 창문을 여닫는 것부터 심지어는 냉장고 문을 열어도 될지 말지 윤주에게 묻는 것을 그 뒤를 지나가다 엿들은 적이 있었다. 윤주의 말에 토를 다는 것도 본 적이 없었다. 나는 윤주를 존중할 줄 아는 정환이 마음에 들었다. 윤주는 그런 정환이가 좋게 말하면 존중이지만 사람 자체가 매사에 눈치를 많이 보는 편이라고 표현했다. 난 그것도 나쁘지 않았다. 딸의 옆에 있는 사람으로는 목소리가 큰 것보다는 작은 것이 나았고 조금 귀찮게 하더라도 강압적인 것보단 눈치보는 편이 낫다고 생각했다.

정환이 나를 조금 편하게 생각한다고 느꼈던 것은 함께 산 지 3개월이 조금 넘었을 때였다. 회식에서 술을 거나하게 마신 윤주를 엎고 들어와서는 방에 눕혀놓고 편한 옷으로 갈아입고 나와 방에 들어가려는 나를 불러세웠다. 어머니 라면 같이 안 드실래요? 윤주는 밤에 먹는 거 싫어하는데, 오늘은 이미 잠들기도 했고…… 도저히 참기가 힘드네요. 이미 냄비에 물을 절반 채우면서 가스 밸브를 여는 손을 보며 나는 식탁 의자에 자리를 잡고 앉았다. 우리는 말없이 냄비 바닥이 드러날 때까지 조용히 라면을 먹어치웠다. 풍성하게 엉켜 있던 면이 다 사라지고 나면 여유 있는 국물에 약속이라도 한 것처럼 찬밥을 말았다. 젓가락이 움직이는 소리만 가득하던 식탁 위에 머지않아 은색 냄비 바닥이 훤히 드러났다. 조용하다 못해 고요했던 식사는 식탁 모서리에 놓인 갑티슈 한 장을 뽑아 땀을 닦으며 잘 먹었다고 고개를 숙이는 정환이의 목소리로 마무리되었다. 사실 내가 한 것은 자리를 지키고 젓가락질을 열심히 한 것뿐인데 정환이는 설거지하려고 스펀지에 세제를 두어 번 누르면서도 내게 잘 먹었다는 말을 한

번 더 했다. 나는 그런 정환이에게 오냐— 하고는 설거지가 끝날 때까지 자리를 지켰다. 그게 벌써 4년 전 일이다.

여러모로 지친 윤주와 은우가 자고 있던 방에서 나온 정환이가 풀어헤친 타이를 오른손에 둘둘 말은 채 소파를 등지고 바닥에 털썩 주저앉았다. 나는 소파에 앉아 말없는 뒤통수를 한번 바라보고는 한참 침묵을 유지했다. 정환이가 먼저 운을 띄웠다. 어머니 피곤하시죠. 죄송해요. 나는 고개를 저으며 대답했다. 일하는 사람이 피곤하지. 나야 뭐. 내 대답에 어설프게 웃어 보인 정환이가 자리에서 일어나 소파에 앉아 있는 내 어깨를 살포시 끌어안았다. 엉덩이는 뒤로 잔뜩 빼고 상체만 엉거주춤하게 마치 태어나서 포옹이라는 행동을 처음 해보는 사람처럼. 감사합니다. 귓가에 흩어지는 떨리는 목소리에 나는 정환이의 너른 등판을 토닥이며 먼저 몸을 물렀다. 정환이는 그뒤로도 할말이 있는 것처럼 들어가서 자라는 말에도 소파 앞을 서성였다. 나는 최대한 정환이를 기다렸다. 그러나 도통 입을 열 생각을 안 하는 정환이 때문에 결국 자리에서 먼저 일어나야 했다. 정환이는 결국 고개를 숙이며 내게 안녕히 주무시라며 인사했다. 그러고는 나의 아이와, 나의 아이의 아이이자 정환이의 아이가 잠들어 있는 방으로 발걸음을 옮겼다. 그리고 다음날 아침, 윤주는 눈을 뜨자마자 통통 부은 얼굴로 내게 부탁했다. 함께 살고 싶다고. 도와달라고. 그리고 나는 잠시도 머뭇거리지 않고 고개를 끄덕였다.

*

 함께 지내면서 참 다행이다 싶었던 건, 한껏 낡고 지쳤던 얼굴들이 매일 반복되지는 않는다는 점이었다. 내가 육아라는 짐을 덜어줘서 가벼워진 건지, 아니면 유독 그날이 두 사람을 힘들게 한 건지는 몰라도 매일 아침 집을 나서는 두 사람의 얼굴은 4년 반 전과 크게 다르지 않았다. 매일 아침 8시에 은우를 노란 버스에 태워 보냈다. 나는 몸에 익은 육아 방식을 전부 도려내야 했다. 요즘 아이는 달랐다. 내가 키우던 아이와는 확실히 달랐다. 아침밥을 먹을 때까지만 기분이 좋고

옷을 입을 때부터 칭얼거리기 시작하는 아이를 보고 있으면 진땀이 절로 났다. 넓어진 이마의 끝에 맺힌 땀방울을 닦아내면서도 매일 아침 이 전쟁을 치렀을 윤주와 정환이를 생각하면 지금 내가 하고 있길 다행이라는 생각도 들었다. 어린이집에 가기 싫다는 아이를 매달고 아파트 단지의 절반을 가로지르고 나면 모래주머니를 팔다리에 잔뜩 두르고 걸은 것처럼 온몸이 축 늘어졌다. 내 몸이지만 내 몸이 아닌 것 같은 느낌이 들 때면 언젠가 정환이에게 은우를 돌보는 것이 그저 손주를 보는 것일 뿐, 힘든 것이 없다고 이야기한 게 그렇게 후회될 수 없었다.

고작 하루 건너뛰었을 뿐인데 바구니에 산더미로 쌓인 빨래를 보면 또다시 한숨이 샜다. 세탁기는 윤주가 중학교에 입학할 때쯤 처음 써봤다. 이미 손빨래에 익숙해진 뒤에 세탁기를 쓰게 되어서 그런지 아직도 하얀색 티셔츠나 블라우스 같은 것은 직접 손이 닿아야 직성이 풀렸다. 양손에 분홍색 고무장갑을 낀 채 락스를 풀어낸 물에 누런 티셔츠를 담갔다 뺐다. 주말에 그런 모습을 보면 윤주는 그냥 세탁기에 빨아도 다 깨끗하게 빨린다고 했지만 나는 내 눈에만 보이는 얼룩을 지워낼 때 보기 드문 희열을 느꼈다. 윤주가 몇 번이고 강조했던 블라우스는 절대 락스 물에 담그면 안 된다. 아파트 단지 맞은편에 있는 세탁소에 맡길 옷은 걷어내고 손으로 비벼 빨아야 하는 옷만 분리해서 빨간 플라스틱 대야에 넣었다. 흰 빨래를 손으로 끝내면 그제야 얼굴이 비치는 투명한 세탁기 유리문을 열어 축축한 세탁물을 안에 밀어넣었다. 젖은 세탁물을 하나씩 옮겨넣을 때마다 손가락 뼈마디가 시렸다. 예전에는 비 오는 날이나 우중충한 날씨에만 시큰하던 것이 요즘에는 찬물만 닿아도 이렇게 욱신거린다. 일반세탁 버튼을 누르고 물 높이를 조절하고 시간을 확인하고 동작 누르기. 마디 굵은 손가락으로 짙은 검은색 버튼을 눌렀다. 쌀알같이 작은 글씨를 읽는 건 진작 포기했고 위치를 외워서 돌린 지 한참이다. 요란한 소리와 함께 세탁물의 낙차가 일정해지는 걸 확인하고 뒤를 돌았다. 다시 바닥에 놓인 바구니를 들어올린다. 세탁기에 돌리지 않는 손자의 옷을 삶아야 했다. 다 삶은 빨래를 다시 찬물에 담가 헹구고서 손마디가 시리도록

남의 사랑

세게 비틀었다. 탁탁 소리가 나도록 털면 얼굴에 물방울이 튀었다. 눈을 가늘게 떠가며 빨래를 시원하게 털어내고 햇빛이 드는 베란다에 구김 없이 반듯하게 빨래를 널었다. 세탁기는 아직도 20분이나 남아 있었다. 세탁기에서 노래가 나오면 세탁기 안에 젖은 빨래는 건조대로 가는 게 아니라 이제 그 옆에 놓인 건조기에 넣는다. 그것도 버튼만 몇 번 누르면 반나절, 아니 두 시간도 채 안 되는 시간에 뽀송뽀송하게 말랐다. 나는 시간을 확인하고 양팔을 휘저으며 주방으로 들어왔다. 오늘은 오이를 사다가 오이지를 좀 담글까. 여름만 되면 입맛을 잃는 윤주는 그나마 절인 오이에 물기를 쫙 빼고 무쳐주면 물에 말은 밥에 곧잘 먹었다. 시장까지 갈지, 조금 귀찮은 것 같기도 해서 집앞 마트로 갈지 고민하면서 냉장고 양념 칸에 놓여 있는 매실청 병을 들어올렸다. 투명한 유리잔에 투명한 갈색을 띠는 매실청을 네 숟갈 덜어넣고 정수기에서 찬물을 받았다. 눈 결정 모양의 버튼을 누르면 사계절 내내 시원한 얼음이 금방 쏟아졌다. 짤그랑— 짤그랑— 얼음 사이에 끼운 젓가락으로 원을 그리며 컵 안을 휘저었다. 얼음이 유리잔에 부딪쳐 시원한 소리가 났다. 꿀꺽, 꿀꺽, 꿀꺽 크게 세 모금을 들이켰다. 절로 눈이 질끈 감겼다. 자연스레 벌어진 입술과 입술 사이에서는 한숨과 탄성 그 사이의 소리가 흘러나왔다. 가슴께가 얼어붙는 것 같은 느낌이 가시기도 전에 급히 유리잔에 입술을 가져다댔다.

*

 윤주와 정환이가 내게 원한 것은 아이와 시간을 보내주는 것뿐이었다. 집안일은 원래 하던 대로 두 사람이 알아서 하겠다고 거듭 강조했다. 그러나 사는 모습을 바로 옆에서 지켜보니 알아서 할 수 있는 수준이 아니었다. 나도 처음에는 빨래만 돕겠다고 했다. 아침을 챙겨 먹지 않는 두 사람과 달리 어린이집에 가기 전에 뭐라도 먹어야 하는 아이의 식사 그릇이 싱크대에 쌓여 있는 걸 집에만 있으면서 모르는 척할 수 없어 또 손을 대기 시작했다. 윤주와 정환이가 많이 챙겨주지 못해 미안하다며 입금해준 일종의 월급으로는 저녁거리를 샀다. 어차피 늘 해오던 일이었다. 내 입으로 들어가는 것에서 조금 더 양을 늘리는 건 크게 문제될 일이 없었다. 그렇게 조금씩 두 사람의 살림을 침범하기 시작했다. 지금도 쉬는 날이면 정환이는 나를 밀쳐내고 본인이 고무장갑을 끼려 했고 윤주는 눈을 뜨자마자 청소기를 들려고 했지만, 이제는 두 사람이 그렇게 움직일 때마다 내 마음이 불편했다. 내가 나도 모르게 눈치를 줬나. 따지고 보면 매일 하던 것들이고 해왔던 것들이었다. 특히 남도 아니고 손자를 봐주는 건데 대가가 있어야 하는 건지 의문도 들었다. 없던 일을 사서 하는 느낌이 가끔 들기는 했지만, 그래도 혼자 사는 것보다는 함께 사는 것이 좋았다. 그런 면에서는 나도 손해보는 장사는 아니라는 생각이 들었다.

이 집에 들어오고서 굳이 안 좋은 점을 꼽자면, 늦은 밤에 음식을 먹는 습관이 생겼다. 윤주와 정환이 퇴근하면 나 역시 자유로워질 수 있었다. 그래봤자 거실에 놓여 있는 텔레비전으로 세계 여행 다큐멘터리를 보거나 산책을 빌미로 단지 내 마트에 가서 장을 봐오는 게 전부였다. 이상하게 낮이 고단해서 잠이 올 법도 한데

자려고 베개에 머리를 대면 극도로 공복감을 느꼈다. 처음에는 아주 조그만 크기였던 웅덩이가 순식간에 몸집을 키워 커다란 와류를 형성한 것처럼 명치 아래가 푹 꺼지는 느낌이 들었다. 종일 못 먹은 것도 아닌데 나중에는 몸을 울리는 것 같은 소리가 들리면 결국 자리에서 벌떡 일어나 냉장고로 향했다. 윤주와 정환이 자고 있는 방문을 힐끔힐끔 쳐다보며 마치 훔쳐먹는 것처럼 반찬통을 꺼냈다. 있는 대로 반찬을 은색 양푼에 때려넣고 뚜껑을 덮어놓은 찬밥을 푹— 하고 마구 뒤섞여 있는 반찬 위로 엎듯 밥공기를 뒤집었다. 맛깔나는 소리와 함께 비벼진 밥을 입에 연속해서 집어넣었다. 아주 오래전에 향으로 기억하는 멀건 된장국의 맛이 그리워지는 건 그때밖에 없었다. 하루는 밥알이 목에 걸려 사레가 들었다. 캑캑거리며 컵을 꺼내들다 그만 바닥에 떨어트려 윤주의 잠을 깨운 적이 있었다. 그 와중에도 정환이는 잘만 잤다. 예전에 정환이가 말한 대로 윤주는 내가 밤에 음식을 먹는 것을 탐탁지 않아 했다.

원래 거슬리는 것 없이 맞던 옷들이 어느샌가 불편

함이 느껴지긴 했다. 지퍼를 잠그는 부분이 아랫배를 너무 조인다거나 편하게 걸치고 다니던 얇은 셔츠 팔이 터질 것처럼 느껴졌다. 윤주는 바쁜 와중에도 저녁이 되면 나를 데리고 아파트 단지를 걸으려고 했다. 그러나 나는 딱히 내키지 않았다. 날이 갈수록 척추에 기다란 추라도 달린 것처럼 몸이 쉽게 앞으로 고꾸라졌고 팔다리도 쉽게 퉁퉁 부어 윤주가 조금이라도 속도를 높여 걸으면 종아리와 발바닥이 당겨왔다. 엄마 운동 부족이라 그래. 그럴수록 더 움직여야지. 나를 신경 써주는 말도 전혀 반갑게 들리지 않았다. 분명 이렇게 억지로 아파트 단지를 돌고 들어가 씻고 누우면 평소보다 더 큰 소용돌이가 나를 기다리고 있을 것이다. 나는 또 윤주가 잠든 방문이 열릴까봐 조마조마하며 밥을 비빌 것이다. 입안 가득 넣고 내일부터는 절대 먹지 말아야겠다고 다짐하겠지. 그리고 다음날 손발이 염분에 퉁퉁 부어 아릴 때면 전날 밤의 나를 원망하게 될 거라는 기분 나쁜 확신이 들었다.

*

　윤주와 정환은 항상 무슨 이야기를 할 때면 머리를 맞대었다. 보통 우리가 다른 두 사람이 생각을 합칠 때 머리를 맞댄다는 표현을 쓰는 것처럼 두 사람은 어떤 문제를 두고 고민할 때 서로에게 기대는 것처럼 머리를 맞대었다. 이마는 서로를 향해 45도 정도 기울어져 있고 둘만 하는 이야기는 둘만 들을 수 있을 정도로 아주 차분하고 낮은 목소리로 의견을 나눴다. 그건 두 사람이 나누는 말의 주제가 사소하건, 중대하건 늘 일정했다.
　내 생일을 맞아 오랜만에 외식을 나왔다. 겉보기에도 화려하고 평소 우리 형편과는 꽤 이질적인 장소였다. 큰돈을 쓸 필요 없다고 외식이 정해진 그날부터 줄곧 이야기를 해왔지만 정환이는 내게 어머니 생신을 핑계삼아 본인들이 호강하는 거라고 했다. 메뉴판이라고 받은 건 쌀알 같은 글씨가 듬성듬성 적혀 있는 책이었다. 종이 여백에 비해 적혀 있는 글자가 한없이 작고 또 적었다. 잘 읽히지도 않지만 겨우 읽어도 도통 무슨 음식인지 알 수 없었다. 엄마 뭐 먹고 싶어? 하고 묻는 윤주의 말에 나는 글쎄, 라며 말을 흐릴 수밖에 없었다. 페이지를 넘기지도 못하고 맨 첫 장을 세 번이나 정독했지만 제대로 이해한 단어는 스테이크뿐이었다. 윤주는 그런 나를 향해 물었다.

"소고기 괜찮지?"

"응, 그래."

"나머지는 우리가 알아서 시킬게."

"그래."

두 사람은 이번에도 나란히 머리를 맞대고 손가락으로 메뉴판을 훑었다. 나는 전혀 이해하지 못하는 음식에 대한 정보를 두 사람은 잘 알았다. 그건 그저 정보에 대한 부족일 뿐인데 나는 왠지 그게 두 사람만이 할 수 있는 대화처럼 느껴졌다. 내가 이런 감정을 느끼는 것이 처음은 아니었다. 나는 여태 남의 사랑을 구경할 만큼의 여유가 없었다. 아버지 없이 자란 아이가 가엾은 적은 있어도 남편이 없는 나를 스스로 안타까워한 적은 없었다. 두 사람은 평균적으로 좋은 관계를 유지했지만, 가끔 틀어지는 경우도 있었다. 물론 나와 함께 살다보니 겉으로 크게 드러내는 일은 없었다. 그러나 같이 살다보면 집안에 도는 공기의 흐름만으로 두 사람의 기분 등락이 읽히는 경우가 많았다. 어떤 날에는 서로가 한없이 바닥을 기다가도 몇 시간 후에는 다시 일정한 고도에 올라가 있었다. 한쪽이 일그러져 있으면 다른 한 사람은 찌그러진 곡선을 펴주려고 노력했고 그것도 아니면 일정하게 자기 위치를 지켜 한참 내려가 있던 사람이 천천히 그 높이를 회복할 수 있도록 기다려줬다. 나는 그 모습을 보고 싶지 않다가도 볼 수밖에 없는 입장이기에 그런 모습이 보기 좋다고 여기게 된 것 같다. 가끔 윤주가 내게 정환이의 흉을 볼 때가 있다. 정환이는 가끔 내 말을 못 들어. 그런데 내가 볼 때는 안 듣는 거 같아. 옆에 있는데 못 듣는 게 말이 돼? 정환이도 윤주처럼 어딘가에 그런 말을 전할지도 모른다. 그렇지만 그런데도 두 사람은 결국 다시 서로에게로 귀환한다. 잠깐 멀어졌나 싶으면 결국 붙어 잔다. 내게 한껏 정환이에 대한 서러움을 토로하다가도 다음날이 되면 언제 그랬냐는 듯 아무렇지 않게 정환이에게 다정하게 구는 윤주가 나는 부럽기도 하고 얄

밉기도 했다.

며칠 전에는 윤주가 시아버지 얘기를 해왔다. 아버님 요즘 사교댄스 배우러 다니시는데 거기서 애인이 생기셨대. 엄마는 그런 거 배워볼 생각 없어? 은우 어린이집 가면 심심하잖아. 나는 윤주의 말에 고개를 저으며 집안일이 얼마나 바쁜데 그런 곳에 갈 시간이 있냐고 대답했다. 은우는 여전히 어린이집을 힘들어했고 그 누구도 이해하지 못한 서러움이 가득한 날에는 버스에서 내리는 와중에도 내 목을 거세게 끌어안았다. 내 몸은 점점 무거워져가고 요즘에는 아파트 입구 계단을 내려갈 때마다 그나마 제일 멀쩡하던 무릎마저 시큰거리기 시작했다.

"나는 너희 둘이 편히 살면 그걸로 충분해."

그러니까 나의 사랑이란 건 너무 어색했다. 그 말과 형태 자체가 원래 존재했던 것이었는지도 가물가물할 정도로. 나에게 사랑은 오로지 윤주였다. 분명 내가 할 수 있는 사랑이 윤주뿐이라 슬퍼했던 날도 있었을 것이다. 그러나 그런 날도 다 지나간 시간일 뿐이었다. 나는 윤주를 제일 사랑했고 내가 가진 모든 사랑을 쏟아 자란 윤주의 사랑까지 지켜볼 수 있는 것만으로 충분하다고 생각했다. 조금 신기했던 건 윤주가 나의 일부라고 생각해왔음에도 윤주가 하는 사랑은 나의 사랑이 아닌, 남의 사랑처럼 느껴진다는 것이었다.

"나는 엄마가 그런 말을 할 때마다 왜 화가 나는지 모르겠어. 내가 뭘 대단히 잘못한 거 같아. 나 왜 이렇게 못됐지. 난 엄마를 안 닮은 거 같아."

윤주는 그날 이후로 나와 아파트 단지를 걷지 않았다. 내가 밤늦게 밥을 비벼 먹고 소리가 들릴까봐 닦지 못한 채 물만 받아놓은 그릇을 보고도 나무라지 않았다. 몸이 점점 편해질수록 내 안에 소용돌이는 점점 더 커졌다. 움푹 팬 것만 같은 배 위로 손을 올려보면 오히려 손등이 천장을 향해 솟아 있었다. 꺼진 배를 달래고 누워도 특유의 공복감이 해소되지 않는 날이 늘었다. 먹지 않으면 견디지 못하는 사람처럼 냉장고를 열어젖혔다. 무자비하게 입으로 밀어넣었다. 아무리 먹어도 느껴지는 공복감이 불쾌하지만, 입안으로 음식을 밀어넣는 행위를 멈출 수 없었다. 잠깐 사라진 줄 알았던 와류는 곧 더 큰 몸집으로 불어나 온몸을 어지럽게 만들고 신물을 삼키게 했다. 이 모든 것을 멈추는 방법을 알고 있었다. 하지만 윤주가 잠든 방문 앞까지 걸어가 따끔따끔한 목 주변을 몇 번이나 쓰다듬고 다시 방으로 돌아와 누워 불편함에 뒤척이다 잠들었다.

*

 재현을 만난 건 수영장에 다닌 지 3개월 차에 접어들었을 때였다. 기존에 있던 강사가 뇌출혈로 쓰러지는 바람에 급하게 들어온 재현은 첫날부터 회원들 사이에서 화제가 되었다. 일단 외모부터가 눈에 띄었다. 사실 외모가 전부라 해도 무방했다. 강사들은 남자건 여자건 외모가 대체로 수려했다. 다른 수영장은 어떨지 모르겠지만 우리 수영장 강사들은 대체로 내 눈에 그렇게 보였다.
 수업을 같이 듣는 복희는 유독 수영 강사들 품평하기를 좋아했다. 나는 속으로 그러면 안 된다고 생각하면서도 복희가 수영 강사들에 대해 떠드는 것을 은근히 즐겼다. 기초반 선생님은 어깨는 좋은데 팔이 좀 짧아서 아쉬워. 우리 반 선생님은 여자치고는 키가 큰데 허리가 길어서 그게 좀 아쉽고. 연수반 선생님은 얼굴도 조막만하고 전체적으로 비율은 좋은데 결정적으로 남자치고 키가 너무 작다고 떠들어댔다. 마스터반 물범은 말할 것도 없이 젊은 몸인데 뱃살이 너무 많다며 복희는 내 귀에 대고 아이처럼 킥킥대며 웃었다. 반면에 그런 복희가 재현을 두고는 아쉬움을 이야기한 적이 없었다. 우리 강사님은 어깨도 넓어. 다리도 길어. 얼굴도 작아. 몸도 좋아. 굳이 아쉬운 점을 꼽자면 문신? 그런데 저런 거 특색 있잖아. 우리 나이에 저런 거 있는 사람이 흔하지도 않고. 일단 잘생겼잖아. 나는 우리가 강사의 몸매에 대해서 평가하거나 점수를 매길 필요는 없다고 생각했다. 그러나 복희의 말에 동의하지 않는 건 아니다. 오히려 복희의 평가가 꽤 객관적이라는 생각까지 했다. 재현은 내 눈에도 완벽에 가까웠다. 피부가 좀 까무잡잡하긴 했지만, 오히려 근육형의 몸과는 그편이 어울린다는 생각이 들었다. 수영장 안에서 자신 있게 어깨를 펴고 걷는 이들은 원래도 많았다. 그러나 그중에서도 재현은 특히나 눈에 띄었다. 그

건 잘 모르는 회원들이라도 눈을 맞추면 마치 오래도록 알고 지낸 것처럼 웃으며 먼저 인사를 건네는 시원시원한 성격이나 누가 봐도 호남형인 미소 덕분일지도 모른다.

그렇게 완벽한 재현에게 정말 굳이 튀는 점을 찾자면, 복희의 말대로 한쪽 팔에 빼곡히 수놓아진 문신이었다. 그것도 겨우 고른 단점 아닌 단점이랄까. 재현의 왼팔에는 물고기 비늘 문양의 검은색 문신이 손목부터 어깨까지 빼곡히 그려져 있었다. 첫 주에는 수업마다 전신 슈트를 입고 등장해서 몰랐는데 1주일이 지났을 때, 매일 입고 등장했던 전신 슈트를 허리까지 내리고서는 팔꺾기 시범을 보여주는 바람에 알게 되었다. 재현이 순식간에 레인 끝으로 물살을 손바닥으로 당기는 걸 보고 있으면 자연스럽게 꺾이는 팔 동작보다 얼룩덜룩한 팔에 더 시선이 갔다. 나는 재현이 물살을 가를 때마다 사람과 닮은 바다 생물이 팔을 휘젓는 것처럼 보였다. 재현의 팔이 압도적으로 길기도 하지만 투명한 물결에 비치는 동그란 비늘들이 어떤 때에는 진짜 물고기의 것처럼 느껴졌기 때문이다. 처음 재현이 슈트를 벗어냈을 때. 사람들은 안 그런 척하면서 눈을 굴려댔다. 나 역시 새카만 팔뚝을 몰래몰래 쳐다보다가 옆에 서 있던 복희와 눈이 마주쳤다. 복희는 그때도 눈짓으로 재현의 팔을 가리키며 윗입술과 아랫입술을 입안으로 말고서 뭔가 소리를 참듯이 들썩이는 입꼬리를 억지로 누르고 있었다. 약간 징그럽지 않니. 복희의 눈이 그렇게 말하는 것 같았다.

 복희가 내게 그럴 때마다 나는 어김없이 윤주가 떠올랐다. 며칠 전. 오랜만에 윤주가 퇴근하는 길에 함께 마트에 가자고 하길래 나섰다가 동네 세탁소 주인을 만났다. 세탁소 주인인 정임은 원래도 스타일이 확실한 편이었는데 그날 입은 원피스가 유독 내 눈에 과감해 보였다. 내 몸의 절반 정도밖에 되지 않는 마른 몸에 정임은 가슴골까지 아슬아슬하게 U자 모양으로 파인, 몸에 착 붙는 원피스를 입고 있었다. 치마는 무릎에서 한참 올라가 허벅지의 반을 드러냈다. 멀리서 뒷모습만 보면 얼핏 윤주랑 비슷한 나이처럼 보였다. 하지만 가까이서 보면 제 나이보다 어려 보이기 해도 군데군데 삶의 흔적이 선명히 남아 있었다. 오늘 소고기

세일한대. 혼자 사는데도 꽤 묵직한 봉지를 들고서는 나와 윤주에게 아는 척을 하는 정임과 인사를 나누고 뒤를 돌자마자 나는 윤주의 팔을 손등으로 급히 툭툭 밀었다.

"너 봤어? 저건 좀 아니지 않니. 진짜 용감하다."

윤주는 그런 내 말에 멀쩡하던 얼굴을 피곤하다는 듯 잔뜩 구겨대며 내게 신경질적으로 말했다. 엄마, 제발 남이 어떻게 입든, 뭘 입든 상관하지 마. 설령 그게 이상하다고 해도 나한테 말해주지 말고. 난 그런 거 듣기 싫어. 엄마는 내가 저런 옷 입고 돌아다녔는데 남이 그렇게 말하는 거 들으면 기분 좋겠어? 마트 천장에서 들려오는 타임세일 방송처럼 쏟아져내리는 윤주의 말에 나는 뒤늦게 아차 싶었다. 요즘 대체로 이랬다. 분명 윤주에게 한두 번 들은 소리가 아닌데도 고쳐지지 않았다. 사실 나는 윤주가 말하는 기분 나쁜 문제의 원인이 무엇인지 제대로 파악하지 못하는 경우가 많았다. 그러니 윤주에게 비슷한 실수를 반복하는 건 당연했다.

"나는 그냥 신기하다는 거지."

뒤늦게 목소리를 줄여가며 애써 대화를 마무리하려고 했더니 윤주는 더이상 이야기하기 싫다는 듯 아예 카트를 세게 밀며 멀리 걸어갔다. 나는 윤주가 아이를 낳고 나서 예전보다 조금 두꺼워진 몸에 스트레스를 받는다고 생각했다. 그래서 예민해진 것이라고. 나 역시 윤주와 함께 살며 몸이 많이 무거워졌기에 그런 마음은 충분히 이해할 수 있다. 앞으로 조금 더 조심해야겠다고 생각은 했지만 그게 얼마나 갈지는 모를 일이다.

 그러니까 복희를 흉볼 것도 없었다. 나도 그렇게 살고 있었으니까. 윤주 앞에서는 세우지 않아도 되는 체면을 복희 앞에서는 세운다. 윤주 앞에서는 수없이 실수해도 복희에게는 그러지 않으려고 애썼다. 복희는 나와 달리 그런 말을 삼가도록 교육하는 딸도 없고, 수영장을 보내주는 사위도, 틈만 나면 안아달라는 손자도 없으니까. 나는 복희와 다른 사람이라는 걸 구분 짓고 싶었다. 내가 조금 더 나은 사람이라고 느끼고 싶었다. 복희에게는 미안한 말이지만 복희처럼 병시중을 들어야 하는 남편이 없다는 데에서 그런 마음에 조금 더 힘을 실었다. 그러니까 나는 이곳에서 자유로울 수 있는 완벽한 싱글이었고 복희는 그러지 않았으니까. 나도 정확히는 모르겠다. 복희를 언제부터 조금씩 깎아내리기 시작했는지. 아마 복희가 중급반 수영 강사와 남다르게 친밀한 관계라는 걸 알았을 때부터 그렇게 생각해왔던 것 같다.

*

 우리 반 강사는 원래 여자였다. 복희의 말처럼 여자치고 키가 매우 컸다. 멀리서 검은색 전신 슈트를 입고 걸어오면 마치 모델이 걸어오는 것 같았다. 같이 수업을 듣는 남자들도 강사 옆에 서면 키가 비슷하거나 강사보다 조금 더 큰 경우가 대부분이었다. 강사보다 작은 사람도 두 명 정도 있었다. 지난주 수업을 마칠 때만 해도 굉장히 건강해 보였던 사람이 갑작스레 쓰러졌다고 하니 기분이 이상했다. 오늘 아침에 집을 나서면서 신발 뒤축을 잡아당기며 고개를 숙였을 때 급히 머리로 피가 몰렸던 느낌이 떠올랐다. 상체를 숙이는

데 조금 더 힘을 주거나 배가 조금 더 눌렸더라면 뭔가 끊어질 것 같다고 생각했었다. 매번 윤주가 신발을 신을 때마다 신발장에 있는 의자 위에 발을 올려 신으라고 했던 잔소리를 고개를 저으며 겨우 지워냈는데 쓰러진 강사의 소식으로 단번에 다시 그 목소리가 들리는 듯했다.

재현은 수업 첫날에 최대한 사람들의 이름을 익히려고 노력하는 듯 출석부와 사람들의 얼굴을 번갈아 쳐다보며 같은 이름을 여러 번 호명했다. 내 이름은 심지어 다섯 번이나 불렀는데 재현은 '윤옥정님' 하고 나를 부르고서 내 얼굴을 빤히 바라보며 옥정, 옥정, 옥정, 옥정 하고 네 번이나 중얼거렸다. 나도 그런 재현을 피하지 않고 멀뚱히 바라봤다. 그냥 그러고 싶었다. 내 이름을 여러 번 뱉어낸 재현은 입꼬리를 가로로 늘려 시원하게 웃으며 내게 이름이 예뻐서 그렇다고 말했다. 나는 살면서 내 이름에 대해 깊이 생각해본 적이 없었다. 엄마 말로는 어렵게 가진 자식이었단다. 형편은 그렇지 못해도 귀하게 키우고 싶다는 마음으로 아버지가 지어주신 이름이었다. 玉晶, 맑고 빛나는 아이라는 뜻이라고 했다. 태어나서 늘 그렇게 불렸기 때문에 이름에 별로 무게를 두고 살지 않았다. 아버지의 마음만큼 내 이름이 귀하다는 생각도 해본 적 없었다. 살면서 수많은 옥정을 만났다. 겨우 졸업한 국민학교에도 옥정은 많았고 중학교 입학을 포기하고 취직한 미싱공장에서도 나를 포함해 옥정은 넷이나 있었다. 아무도 내게 이름이 예쁘다는 얘기를 해준 적은 없었다. 심지어 수영장 속 모습의 나, 스무 살에 의류공장에서 만난 남편조차 내 이름에 대해서는 아무 말도 한 적 없었다.

재현은 전에 강사와 비교해보면 지도력이 그렇게 뛰어나지도 그렇다고 부족하지도 않았다. 수업을 시작하면 일단 그날 연습할 동작에 대해 시범을 보였다. 그러고는 그 전 강사와 다르게 자유형으로 한 바퀴를 돌리고 나서 사람들을 줄 세웠다. 속도가 빠르고 동작이 가장 정확한 사람을 1번으로 가르침이 의미 없는, 자신만의 영법을 고집하는 사람들을 맨 뒤편으로. 나는 보통 중간 끄트머리를 차지했다. 잘하지는 않지만 개선의 영역이 있는 회원. 재현이 줄 세운 기준에서의 나는 그랬다. 다른 수영장들과 달리 이곳에서는 수모를 착용하지 않아도 되는데 재현은 물속에 들어올 때 항상 수영모를 끼고 있었다. 모든 회원이 한 바퀴를 돌고 난 뒤에야 귓바퀴 끝에 걸친 수모를 뒤집어까듯 위로 벗어내고 물에 젖어도 빽빽한 검은빛의 머리카락을 손끝으로 쓸어넘겼다. 그러고는 다시 줄을 세운다. 회원님은 앞으로 오시고 회원님은 이리 오세요. 매번 하는 일이지만 그때만 되면 레인은 늘 어수선했다. 그럴 때마다 재현은 오도 가도 못하는 사람들의 팔꿈치를 친절히 잡아당기며 자리에 데려다놨다.

"옥정님 이리 오세요."

나 역시 재현의 손에 의해 뒤로 끌려가는 사람 중 한 사람이었는데 그럴 때마다 재현은 내게 이해해달라는 듯한 표정을 지으며 얼굴을 오른쪽으로 살짝 기울였다. 그러고는 내 팔을 지그시 붙잡고 뒤로 당겼다. 재현은 다시 시작점으로 돌아갈 때 항상 내 팔꿈치 근처의 팔뚝을 아프지 않을 정도로만 꽉 쥐어왔다. 처음에는 조금 더 열심히 해보라는 무언의 압박인 줄 알았으나 매일 반복될수록 별 의미 없는 행동이라는 걸 알아

챘다. 내 앞으로는 복희가 서 있고 내 뒤로는 강사가 어떻게 지도를 하던 양팔을 앞뒤로 마구 휘젓는, 일명 해파리 수영을 고집하는 회원이 세 명 있었다. 복희가 출발하고 나면 재현은 내게 출발하라는 신호를 줬다. 그럼 나는 제자리에서 배꼽이 수면 위로 드러날 정도로 폴짝 뛰었다가 아래로 푹 꺼졌다. 앞서 배운 대로 타일벽을 발바닥으로 무릎에 무리가 가지 않도록 팡— 차고서는 양손을 길게 머리 앞으로 쭉 뻗었다. 몸을 최대한 은우가 좋아하는 꼬치어묵처럼 구불구불하게 만들고 싶은데 매번 마음처럼 잘 안됐다. 사실 나는 제법 잘하고 있다고 생각했는데 어김없이 재현에게 붙잡혔다. 이 자리의 유일한 장점이라면 재현의 일대일 지도를 가장 오래 받을 수 있는 자리다. 내 뒤에 있는 사람들은 강습보다는 물에 유영하는 것에 의미를 두는 사람들이었고 재현 역시 그들을 자기 방식으로 고쳐놓을 생각이 없었다. 재현의 지도가 의미 있는 선은 내가 마지막이었다. 재현은 어떤 날에는 내 손목을 끌어당기고 어떤 날에는 발목을 끌어당겼다. 나는 끌려갈 걸 알고 있음에도 매번 코에 물을 잔뜩 먹었다.

호흡이 한번 트이지면 물에서 숨쉬는 걸 금방 잊어버렸다. 굳이 물안경을 벗을 필요가 없는데도 매운 코끝을 엄지와 검지로 꼬집으며 남은 손으로는 물안경을 벗어올렸다. 재현은 내가 그럴 때마다 나만 들리도록 웃거나 손바닥으로 물을 한 움큼 쥐어 내 얼굴을 향해 장난치듯 뿌렸다. 옥정, 정신 차려! 가끔 물을 피하려 가린 내 손등에도 마구 물을 끼얹으며 장난 섞인 호통을 쳤다. 얼굴에 잔뜩 묻은 물기를 젖은 손바닥으로 걷어내고 다시 물안경을 쓰면 재현은 고갯짓으로 다시 물 위에 엎드리라는 신호를 줬다. 몸에 힘을 쭉 빼고 양팔을 어깨에서 길게 뻗으면 재현의 커다란 손바닥이 내 아랫배를 받쳐왔다. 차가운 물속에서 따뜻한 손바닥이 몸에 닿으면 자연적으로 힘이 들어갔지만, 재현은 아쉽다는 듯 내 허리를 샌드위치빵을 누르는 것처럼 한 손은 내 등허리에, 다른 한 손은 내 아랫배를 받치고서 더 힘을 주라고 크게 외쳤다. 발차기는 아랫배에 힘을 줘가면서 누르듯이! 수영장이 쩌렁쩌렁 울릴 정도로 큰 재현의 목소리와 함께 나는 다시 멀리 뻗어갔다. 사실 마음만 먹으면 복희 정도는 제칠 수 있었다. 그러나 나는 재현의 지도를 받을 수 있는 꼴찌 역할이 나쁘지 않았다. 굳이 그런 자리를 복희에게 양보하고 싶지 않았다.

*

꼬박꼬박 챙겨 먹는 야식에 몸이 눈덩이처럼 불어나고 있을 때, 나를 수영장으로 보낸 건 윤주가 아닌 정환이였다. 윤주는 은우를 씻기느라 욕실에서 나오지 않은 지 30분이 지나고 있을 때, 방에서 다소 들뜬 발걸음으로 걸어나온 정환이 거실에서 텔레비전을 보고 있던 내 옆에 자리를 잡고 앉았다. 나는 정환이가 대충 어떤 이야기를 할지 예상이 갔다. 내가 윤주와 긴 대화를 나누지 않은 지 며칠이 지난 때였으니 분명 윤주에 관해 이야기를 꺼낼 게 뻔했다. 그러나 정환이의 입에서 나온 말은 전혀 예상치 못한 문장이었다.

"어머니, 저 당첨됐어요."

누가 들으면 복권에 당첨된 줄로 착각했을지도 모른다. 핸드폰 화면을 내 옆에서 양옆으로 경박하게 흔들어 보이며 진심으로 신나 하는 정환이의 얼굴은 조금 낯설었다. 뭔데 그래. 정신 사나운 손을 잡아내리며 물어보면 그제야 정환이 조금 차분해진 목소리로 답했다. 은우 어린이집 학부모가 추천해준 수영장인데 당첨이 돼야만 갈 수 있다고 했다. 부모님 두 분 모두 다니시는데 다른 수영장과 달리 노인들이 운동하기에 이만한 환경이 없다고 했다면서 다른 사람들은 여러 번 떨어지는데 자신은 한 번에 붙었다고 자랑하듯 말했다. 윤주도 어머니가 걱정되니까 속상해서 그런 거예요. 직설적인 윤주와 다르게 정환이는 처세술에 강한 사람이었다. 나와 윤주의 사이가 이렇게 아슬아슬해질 때면 항상 나서서 그 사이를 평평하게 다지려고 노력했다. 나는 그런 정환이가 가끔 안쓰럽기도 하고 미안하기도 했다. 나와 윤주는 딱히 서로에게 쌓인 굴곡을 완만하게 만들려는 노력을 기울이며 살아오지 않았는데 정환이는 때때로 울퉁불퉁한 나와 윤주의 관계를 어색하게 느끼는 것 같았다. 지난밤에 두 사람이 나를 두고 얼마나 긴 대화를 나눴을까. 아침에도 잠이 모자란 얼굴로 출근했던 윤주를 생각하면 정제되지도 않은 한숨이 입 밖으로 터져나왔다. 정환이는 그런 나를 보고 자신의 말에 부정적이라고 느꼈는지 식탁 앞으로 몸을 조금 더 기울이며 말을 이어갔다. 수영은 무릎에 무리도 안 가고 사교댄스보다 훨씬 재밌을 거예요. 집안일을 하고 애를 보는 것도 피곤해 죽겠는데 운동까지 해야 한다니. 처음에는 그렇게 생각했다. 그러나 딸도 아니고 사위가 수영가방까지 쥐여주면서 신경을 쓰는데 모르는 척하기도 그랬다. 심지어 정환이가 조건 하나를 더 붙였다. 은우의 등원은 무조건 두 사람이 해결하겠다고. 정환이는 원래 내가 해야 할 일까지 앗아가며 나를 수영장에 보내고 싶은 의지가 강력했다. 그게 정확히 정환이의 의지인지, 윤주의 의지인지는 모르겠지만. 그렇게까지 말하는데 사위 면전에 대고 싫다고 할 수 없었다. 아무리 한집에 사는 식구라고 해도 윤주와 정환이는 내게 여전히 확실한 구분이 있었다. 그렇게 처음에는 완전히 떠밀리듯 수영장에 갔다.

가끔 수영장은 어떠냐고 묻는 정환이와 윤주의 반응을 보면 그곳에서 어떤 일이 벌어지고 있는지 전혀 모르는 눈치였다. 항상 다닐 만하다는 말로 그 질문을 자연스레 넘겼다. 두 사람은 내가 수영장을 다니기 싫다고 말하지 않는 걸로도 만족스러워하는 것 같았다. 내가 수영장을 계속 다니는 건 윤주가 중학교 때쯤 자물쇠를 걸어놓고 쓰던 일기장과 비슷했다. 같이 살다보면 완벽한 비밀을 만들기는 어렵다. 물건이든, 행동이든, 기분이든. 같은 것을 먹고, 쓰고 살다보면 끝에는 아주 작은 덜미라도 잡히기 마련이었다. 그러나 수영장에서 벌어지는 일들은 두 사람이 절대 알 수 없었다. 나도 윤주와 정환이에게 왜 비밀을 만들고 싶어 하는지 이해할 수 없었지만, 오늘은 뭘 배웠냐는 윤주의 질문에 별거 없었다고 대답하는 게 이상한 짜릿함을 가져다주었다. 수영장 안에서의 나는 윤주보다 훨씬 어렸다. 겉모습만 어려졌을 뿐인데 그 안에서는 생각도 같이 어려지는 기분이 들었다. 수영장에 가면 '나'에 대해 쉽게 잊었다. 같은 윤옥정이지만 내가 한번도 살아본 적 없는 내가 되었다. 손자도, 매번 여름이 오면 담가야 하는 오이지도, 주문처럼 강박적으로 외우는 건조기 사용법 같은 건 전부 잊을 수 있었고 잊어도 상관없었다.

몸을 꽉 조이는 수영복이 어색했던 게 엊그제 같은데 매일같이 수영장에 발 도장을 찍어댔더니 이제는 배영까지 할 줄 알게 되었다. 특히나 다른 영법보다 배영에 더 마음이 갔다. 파란 하늘이 보이는 투명한 천장 아래에서 팔을 넓게 휘적이며 물을 가르는 느낌이 마치 아주 가벼운 깃털이 되어 물 위를 떠다니는 것 같았다. 어떤 날엔 팔을 휘저으며 혼자 중얼거리기도 했다. 아, 가벼워. 아, 너무 가벼워. 나이가 들수록 중력의 힘을 더 받는 것도 아닌데 점점 무거워지는 몸과 도무지 짧아질 생각없이 길어지는 입이 야속하기만 했는데, 수영장에서는 적어도 그런 걱정을 할 일이 없었다.

*

요즘 수영장에서는 특정 모임이 화제였다. 재개장 후 새로 오픈한 2층 카페 구역 벽에는 기다란 타원형의 식탁이 다섯 개가 있는데 그 모임에서는 매번 남자와 여자의 수를 맞춰 마주보고 앉고선 일정한 시간을 정해두고 대화를 나누다가 오른쪽으로 자리를 옮겨 새로운 상대와 대화를 나눴다. 끝없는 만남을 추구하는 모임이었다. 영선 언니는 그 모임이 사람들에게 주목받기 시작하자 내게도 관심이 있으면 한번 가보라고 팔을 툭툭 쳤지만 나는 차마 그곳에 앉아 있을 용기가 없었다. 그들을 보는 것만으로도 은근 부담이었다. 더군다나 복희 같은 사람들 입에 오르내릴 생각을 하면 절로 눈이 질끈 감겼다.

복희와 중급반 강사의 이야기는 종종 사람들 입에 오르내렸다. 다들 모르는 척 해주는 것 같지만 사실 모두가 지켜보고 있는 거나 다름없었다. 나는 언제 한번 복희에게 용기 내 물어보고 싶었다. 정말 둘이 만나는 게 사실이냐고. 그렇다면 어떻게 만나게 되었냐고. 그리고 그 사실을 돌고래반에 있는 강사의 아내에게 어떻게 하면 들키지 않을 수 있냐고. 실제로는 입도 뻥긋하지 못하겠지만 수업중에 멀리서 눈맞춤을 하는 두 사람을 발견하는 날이면 그런 질문들이 마음 깊은 곳에서 입천장까지 간지럽히듯 기어올라왔다. 복희는 수업시간에만 사람들과 가까이 지내고 수업이 끝나면 늘 어디론가 사라졌다. 그렇기에 더 사람들에게 좋은 먹이가 되었다. 그러다가 어느 날은 유독 무자비하게 사람들 입에서 씹히는 복희가 안쓰럽게 느껴졌다. 도대체 어디로 사라지는 걸까. 좁은 공간은 아니지만 그래도 사람들이 오가는 공간은 뻔했다. 문득 궁금증이 생겨 수업이 끝나자마자 물 밖으로 벗어난 복희를 눈으로 좇았다. 복희는 차가운 데크 타일을 손으로 짚고 몸을 번쩍 들어올려 레인을 벗어나더니 쏜살같이 2층으로 향했다. 나는 보통 1층에서 시간을 보냈기에 2층에는 별로 올라갈 일이 없었다. 1층에 정 앉을 곳이 없으면 아쉬움에 찾는 정도로 그치는 공간이었다. 복희를 쫓아가던 내 시선은 2층 난간에 놓여 있는 미니 야자수나무에서 끊겼다. 잠깐 눈을 깜박이는 사이에 샛노란 수영복이 시야에서 감쪽같이 사라졌다. 그리고 복희를 다시 마주친 건 샤워실로 향하는 복도였다. 복희 역시 간병인이 퇴근하는 시간에 맞춰 집에 가야 한다는 사실을 알고 있었다. 아직 안 갔냐고 물어보면 복희는 내게 시간이 왜 이렇게 빠르게 가는지 모르겠다며 어깨를 으쓱이고는 허리춤까지 내려오는 머리카락을 왼쪽 어깨로 넘기며 가방을 챙겨 샤워실 안으로 들어갔다.

  문제의 그날은 하필 1층 카페에 자리가 없었다. 우리는 2층에서도 꽤 구석진 자리에 겨우 자리를 잡을 수 있었다. 감기 기운으로 잠깐 쉰다고 했던 영선 언니가 돌아온 날이었다. 수영장 다니기를 잠깐 쉬었더니 돈 쓸 일이 없다며 영선 언니가 이달의 음료인 레몬생강차를 사겠다고 했다. 수영장 입구에는 매일 사람들이 집에서 싸온 음료며 과일 담은 통이 가득 쌓여 있었는데 슬슬 수영장 물가가 비싸다고 하는 사람들이 규칙을 위반하며 몰래 반입하려는 시도가 늘었다. 사람들은 입구에 서서 걸린 음식들을 급히 나눠 먹기도 하고 담당 직원과 다투기도 했다. 나는 그런 사람들을 보면 부지런하다는 생각밖에 안 했다. 단 한 명도 외부 음식을 가지고 저 문을 통과한 적이 없는데 매일 시도하는 사람들이 있다는 게 신기했다. 커피와 주스, 과일과 요거트 정도만 팔던 카페에서 노인들에게 친숙한 메뉴를 하나둘 팔기 시작한 것도 그 때문이었다. 지난달 특별 음료는 쌍화탕이었는데 어찌나 많은 사람이 사 마셨는지 락스 냄새도 누를 정도로 향이 진해 이곳이 수영장인지 한약방인지 헷갈릴 정도였다. 덕분에 쌍화탕은 아예 고정 메뉴가 되었다. 영선 언니의 실버 링이 음료가 다 준비되었다는 의미로 진동이 울렸다. 화장실에 다녀오는 김에 내가 가져오겠다는 말에 자리에서 일어선 영선 언니가 고개를 끄덕이며 엉거주춤한 몸을 다시 의자에 붙였다. 나는 2층 구조가 익숙지 않아 늘 같은 곳에서 길을 헤맸다. 1층에서 계단을 오르면 작은 키의 야자수들이 미로처럼 이리저리 울창하게 이어져 있었는데 같은 길이지만 유독 2층에서 1층으로 갈 때 덜 정돈된 것 같은 느낌이 들었다. 가짜 정글은 그 습도마저 흉내 냈는지 나무와 나무 사이를 걸을 때는 팔다리에 뿌연 공기가 달라붙었다. 다큐멘터리에서 보던 것과 얼추 비슷했다. 간혹 머리 위에서 치익— 소리와 함께 실제로 하얀 연기 비슷한 것이 바닥으로 떨어져 흩어졌는데 그것 덕분에 짧은 숲길이 더 오묘하게 느껴졌다.

  나는 이리저리 교차한 야자수 사이로 어지럽게 걸었다. 가짜 밀림길은 그 폭이 넓지 않아서 두 사람이 마주보고 걷게 되면 꽉 찰 정도였기 때문에 마주치면 보통 한 사람이 나무쪽으로 붙어 비켜섰다. 수업이 끝난 지 얼마 지나지 않은 시간이라 사람들이 끊임없이 숲으로 들어섰다. 나는 피부에 느껴지는 것보다 바싹 마른 야자수 기둥을 손바닥으로 짚어가며 반대편에서 걸어오는 사람들에게 길을 비켜줬다. 그렇게 땅도 아니고 나무 기둥에 몸을 기대며 가는데 갑자기 습한 기운이 묘하게 옅어졌다. 아까보다 훨씬 듬성듬성해진 나무 사이로 흰 벽이 보였다. 알록달록한 수영장 안과 다르게 건조한 색의 공간이 낯설어 나도 모르게 하얀 벽을 향해 걸었다. 방금까지 정글 한가운데에 있는 것 같았는데 갑자기 건물 안 복도에 서게 되었다. 그 길의 끝이 어딘지 궁금해 이제는 야자수 대신 벽을 손으로 짚어가며 걸었다. 그렇게 열 걸음쯤 걸었을 때 간간이 들리는 웃음소리에 자연스레 발걸음이 멈췄다. 나의 시선 끝, 복도 구석에는 친밀하게 엉켜 있는 여자와 남자가 있었다.

　두 사람은 마치 서로밖에 없는 것처럼 넓은 복도를 아주 좁게 쓰고 있었다. 민망한 소리가 조용한 복도를 가득 메우도록 서로의 몸을 더듬어가면서 하얀 살결을 꼭 붙들고 놓아주지 않았다. 나는 그 광경을 3초 정도 지켜봤다. 그러고는 걸어왔던 방향으로 몸을 돌려 달리기 시작했다. 어느 순간 미로처럼 얼기설기 있던 야자수들에 도달하자마자 헤치듯 빠져나왔다. 가짜 밀림의 길목에서 차오른 숨을 헉헉댔다. 갑자기 내가 튀어나오는 바람에 뒤로 넘어질 뻔한 사람에게 미안하다고 고개를 숙이며 사람들이 걷는 발만 쫓아 자리로 돌아왔다. 왜 그냥 오냐는 영선 언니의 물음에 이제 막 맺혀 흐르지도 않은 땀을 손바닥으로 훔치듯 머리 위로 닦아올렸다. 목 근처에서 맥박 소리가 크게 울리는 것이 귓가에 들렸다.

나는 분명 남자의 등을 손끝이 하얘지도록 부여잡은 여자와 눈이 마주쳤다. 여자는 내게 너무나도 익숙한 샛노란색 수영복을 입고 있었다. 아주 짧은 찰나에 나와 눈이 마주치고도 남자와 떨어질 생각이 없어 보였다. 숨이 조금 진정되고 난 뒤에 알 것 같았다. 내가, 아니 복희가 오늘 겪은 일은 결코 처음이 아닐 것이다. 왜 그러냐고 다시 한번 묻는 영선 언니를 향해 입을 벌렸다가 다시 굳게 다물었다. 추측이었을 때는 잘만 나오던 이야기를 눈으로 확인하자 쉽게 나오지 않았다. 작은 숲에서 길을 잃었다고 거짓말 아닌 거짓말을 했다. 영선 언니는 어이없다는 듯 웃으며 내 어깨를 짚고 자리에서 일어났다. 차 다 식었겠다. 짧은 밀림으로 사라지는 영선 언니의 등을 바라보며 언니가 부디 나처럼 길을 잃어봤으면 했다. 복희가 아직도 그 자리에 있을지 궁금했다. 과연 아직도 그러고 있을지, 그게 제일 궁금했다.

*

또 사이렌이 울렸다. 벌써 이번 달에만 여섯 번째였다. 기나긴 샤워실 복도에 쓰러진 할머니 한 명을 직원들이 들것에 실어나갔다. 나는 수건으로 얇은 머리칼을 털어내며 담요에 덮인 채 실려나가는 회원의 얼굴을 뚫어져라 쳐다봤다. 나이가 들어갈수록 몸이 둔해지는 것 같으면서도 어떤 부분에서는 극도로 예민해졌다. 따뜻했던 샤워실에서 비교적 시원한 로커룸으로 나오는 길에 저렇게 쓰러지는 경우가 왕왕 있었다. 비단 로커룸에서만 일어나는 일은 아니고 집에서 챙겨온 음료를 다 마시고 들어가겠다고 억지를 부리면서 시원한 걸 한번에 들이켜다 입장하기도 전에 실려가는 경우도 있었다. 수영장은 눈치가 빨랐다. 사람들이 필요한 것과 원하는 것을 적당할 때 제공했다. 요즘에는 입는 수건을 판매하기 시작했다. 수건이 나오자마자 인기가 어마어마했는데 지금은 물건이 없어서 재입고되려면 시간이 좀 걸린다고 했다. 수영복만 입은 채 몇 시간씩 떠들어대던 젊은 사람들은 다시 원래의 시간으로 돌아오면 따뜻한 물로 샤워하고 폭신폭신한 재질의 판초 우의 같은 수건을 입고 로커룸으로 향했다. 나도 집에 돌아오면 매번 하는 일이 톡톡한 수건 재질의 입는 수건을 햇빛에 널어놓는 일이었다.

그날 이후 주말 내내 복도에서 마주쳤던 두 사람의 모습이 문득문득 떠올랐다. 마치 입을 맞추는 사람들을 처음 본 것처럼 같은 장면이 반복해서 재생되었다. 심지어는 밥을 먹다가도 갑자기 신경 하나가 뚝 끊어지는 느낌과 함께 그 모습이 떠올라 젓가락질을 멈추는 바람에 윤주가 왜 그러냐며 심각하게 내 어깨를 흔든 적이 있었다. 보통 강습이 없는 주말에도 가족들과 별다른 약속이 없으면 나는 수영장으로 갔다. 더군다나 주말에는 은우를 종일 봐주는 윤주와 정환이가 있기 때문에 3시까지 꽉 채워 자리를 지킬 수 있었다. 그런데 처음으로 주말에 수영장에 가지 않았다. 월요일이면 다시 복희를 만날 수밖에 없겠지만 당장은 피하고 싶었다. 나를 바라보며 남자의 등허리를 더욱더 세게 끌어당기던 복희가 쉬이 잊히지 않았다. 얼굴을 보게 되면 당장이라도 이렇게 물을까봐 걱정이 됐다. 너 대체 나를 왜 그렇게 쳐다봤니. 수영장을 가지 않았을 뿐인데 하루가 굉장히 길게만 느껴졌다. 은우와 플라스틱 햄버거와 피자를 먹는 척하며 소꿉놀이하고 여름이불을 방마다 걷어 세 번이나 빨았는데도 3시가 되지 않았다. 희한하게 평소보다 세 배는 느리게 흘러가는 것만 같은 시계를 바라보며 오랜만에 건조기 대신 손으로 얇은 이불을 탈탈 털어 베란다에 널었다. 얼굴에 미세한 물방울이 튀기도록 팡팡 털어대며 나는 복희의 눈빛을 잊고 싶었다.

그런 당황스러운 장면을 목격했다고 해서 강습을 빠질 수는 없었다. 곰곰이 생각해보면 불쾌한 쪽은 나였다. 내가 몰래 훔쳐본 것도 아니고 누구나 막다른 복도에 다다를 수 있는 곳에서 그런 은밀한 행위를 나누는 두 사람이 더 문제였다는 생각에 도달했다. 복희의 눈치를 보거나 움츠러들 필요가 없었다. 그렇게 생각하면서도 막상 복희를 마주치면 어떻게 반응해야 할지는 여전히 답을 찾지 못했다.

매일 하던 것처럼 수영장에 들어서면 아직 수업시간이 되지도 않았는데 많은 사람이 레인 안에 들어가 있었다. 정각이 되었다는 알림이 울리면 벽면 위로 입수 전 준비운동 영상이 재생되었다. 오늘따라 수영가방을 올려놓는 선반이 꽉 차서 자리를 찾다가 조금 늦었다. 사람들이 팔을 머리 위로 끝까지 올려 몸을 늘리고 있을 때 부랴부랴 물속으로 들어갔다. 복희는 내게 이제 오냐는 듯 눈빛을 보냈다. 그날처럼 내 눈을 피하지 않았다. 나는 최대한 자연스럽게 물을 가르며 맨 뒤쪽으로 걸었다. 늦게 왔으면서 앞자리를 차지하는 모양도 좀 그랬다. 최대한 복희를 쳐다보지 않으며 체조를 따라 하려고 하는데 앞쪽에 서 있던 복희가 내 쪽을 향해 슬금슬금 게처럼 옆으로 걸어왔다. 나는 일부러 내 옆에 선 복희를 바라보지 않았다. 5분간의 체조가 끝날 때쯤 전신 수영복을 입고 등장한 재현만을 응시하는데 복희가 내 귀에 대고 속삭였다. 저 강사 말이야. 너한테 관심 있는 것 같아. 그제야 나는 복희와 눈을 마주쳤다. 무슨 소리를 하는 거냐는 듯 복희를 쳐다봤으나 복희는 항상 남의 흉을 볼 때 짓는 미소를 짓고는 내게서 등을 졌다.

나는 복희가 나를 괴롭힐 생각으로 그런 이야기를 하는 거라 생각했다. 내가 본인의 곤란한 모습을 목격해서. 안 그래도 사람들 입에 오르내리는데, 내가 보텔까봐. 나한테 본인 같은 약점을 만들려고 하는 행동일 거라고 예상했다. 수업이 시작되고 자유형으로 두 바퀴를 돈 후에 헐떡거리는 숨이 돌아오기 전에 재현은 다시 줄을 세우기 시작했고 나는 어김없이 재현의 손에 의해 끝에서 네번째 자리로 옮겼다. 재현은 오늘도 내 팔꿈치 쪽을 손으로 감싸 지그시 누르듯 붙잡았다가 내게 이해해달라는 표정을 지었다. 그러고는 긴 팔로 물을 가르며 순식간에 레인 앞쪽으로 나아갔다. 내가 생각하기에 재현은 늘 똑같았다. 내 아랫배를 손바닥으로 받치고 앞 사람과의 거리를 유지하기 위해 나를 붙잡아줬다. 적당하게 간격이 생기면 그때 내 허리를 앞으로 뽑아내듯 밀어 출발하게 했다. 좋아! 물속에 고개를 처박고 있을 때 수영장에 쩌렁쩌렁하게 울려퍼졌을 재현의 목소리가 귓가에 탁하게 들렸다.

재현이 레인의 중앙까지 오가며 팔을 꺾는 시범을 보였다. 자연스럽게 물을 끌어오라는 설명에 집중하려 하는데 복희가 내 귓가에 대고 속삭였다. 내 말 믿어봐. 유독 너한테만 다정하다니까. 내가 신경질적으로 고개를 돌려 복희를 째려보면 복희는 나와 눈이 마주치자마자 내게 그런 말을 한 적 없다는 듯 시치미를 뚝 떼고는 시선을 돌렸다. 나는 복희를 쳐다보느라 재현이 시범을 마치고 내 앞으로 헤엄쳐온 줄도 몰랐다. 재현이 양 손바닥을 비스듬히 깍지 끼고 내 얼굴에 물총을 쏘지 않았더라면 얼마나 오랫동안 복희를 쳐다보고 있었을지 모른다. 옥정님, 왜 나 안 봐? 집중해요. 나를 나무라는 듯한 목소리에 몇몇 사람들이 웃었다. 이 나이를 먹고 집중 못해서 혼나는 경험이 흔한 일은 아니었기에 귓가와 목 근처가 급속도로 빨개졌다. 수업시간이 중간쯤 되자 재현은 수트를 반만 벗어냈다. 두 팔을 빼내자 허리 뒤로 그림자 같은 검은색 전신 슈트의 상체 부분만 물 위에 나풀거렸다. 오늘도 재현의 팔에 수놓아진 까만 비늘들이 물의 표면에서 빛났다.

복희는 그날도 수업이 끝나자마자 쏜살같이 2층으로 사라졌다. 나는 이제 복희가 어디로 가는지 알고 있지만 그 근처에는 절대 가고 싶지 않았다. 그날 이후 복희는 재현이 나의 출발을 저지하려고 붙잡고 있을 때 한참 앞으로 잘 가다가도 뒤를 돌아 그런 나와 재현을 한번 쳐다봤다. 재현은 그저 복희가 내 위치를 확인하려 그런 거라 생각하겠지만 나는 복희가 내게 재현의 다정함을 억지로 확인시키려고 하는 거라는 생각이 들었다. 재현은 그런 복희를 지적했다. 뒤에 신경쓰지 말고. 앞만 봐! 소리를 지르는 와중에도 내 팔꿈치 부근은 꼭 붙잡고 있었다. 오늘은 그 손이 조금씩 올라와 팔뚝까지 왔다. 내 팔뚝을 아주 미세하게 주물럭거리며 준비됐냐고 물어오는 말에 나는 조용히 물안경을 썼다.

　매일 그런 날이 반복됐다. 나는 여전히 재현이 지도를 할 수 있는 가장 마지막 회원이었고 재현은 복희와 내 간격을 벌리면서 가끔 레인을 두 바퀴 도는 게 힘들지 않냐는 아주 상투적인 질문을 해왔다. 나는 솔직하게 힘들다고 답했고 재현은 그러니까 더 열심히 해야 한다며 내 얼굴에 다시 물총을 쐈다. 그런데 그날은 내가 손등으로 얼굴을 닦아내는 동안 재현이 내 볼에 붙은 머리카락을 손끝으로 쓱 밀어넘겼다. 갑자기 얼굴에 닿아오는 남의 손의 느낌이 낯설어 재현을 쳐다보면 재현은 아무렇지 않게 출발을 의미하는 고갯짓을 했다. 그리고 나는 손을 모은 채 출발했다. 그리고 얼마 지나지 않아 요란스럽게 세수하며 자리에서 일어설 수밖에 없었다. 물안경을 쓰는 걸 잊고 출발했기 때문이었다.

　복희가 더는 재현이 내게 관심이 있다는 말은 하지 않았다. 다만 아랫배에 닿아오는 재현의 손바닥이 움직이는 범위가 점점 넓어졌다. 은근슬쩍 등허리를 쓰다듬거나 팔뚝을 매만지기도 했다. 분명 남이 함부로 내 몸을 만지는 것은 당연히 화가 나야 하는 일이다. 그런데 나는 재현이 도대체 내게 왜 그랬을까? 하고 그 이유를 찾으려고 했다. 수업이 시작되면 어김없이 재현은 양 손바닥을 교차해 물에 다이빙하듯 입수했다. 레인의 절반까지 잠영하고서는 올라와 수모를 벗었다. 물에 젖은 개가 온몸을 털어대는 것처럼 빽빽하고 윤기 가득한 검은 머리카락을 양옆으로 요란하게 흔들어댔다. 홍콩 영화에 나오는 주인공들처럼 이마 뒤로 모든 머리카락을 쓸어넘기면 깎아놓은 알밤 같은 이마가 드러났다. 시원하게 웃는 얼굴을 물끄러미 바라보고 있으면 끝에는 무조건 눈이 마주쳤다. 재현은 말없이 나를 향해 고개를 끄덕이며 박수를 두어 번 쳤다. 천천히 돌아봅시다. 자유형 준비.

*

 저녁 준비를 하는데 오랜만에 정시 퇴근을 한 윤주가 내게 물었다. 엄마 무슨 좋은 일 있어? 나는 영문을 몰라 윤주에게 왜? 하고 짧게 되물었다. 윤주 말로는 내가 찌개를 끓이는 내내 콧노래를 불렀다고 했다. 내가 부르는 노래가 무슨 노래인지 한참 생각하다가 노래 제목을 떠올리고는 같이 속으로 한번 따라 불렀는데도 노래가 끊나지 않았다고 했다.

"요새 밤에 뭐 안 먹네."

"응, 늦게 먹으면 아침에 수영 갈 때 힘드니까."

사실 수영을 시작하고 나서도 종종 야식을 찾았다. 내게 늦은 밤 혼자 먹는 밥은 몸의 상태에 따른 게 아니라 마음으로 만들어낸 습관이나 다름없었기에 어떤 날에는 너무 피곤해서 빨리 욱여넣고 자야겠다고 생각하는 날도 있었다.

점점 수영장에 화려한 수영복을 입는 사람들이 늘었다. 예전에는 돌고래반 사람들이 보통 제일 화려한 디자인을 선호했다면 요새는 수영 실력과 관계없이 대체로 과감한 디자인을 선호했다. 월초가 되면 새로 들어온 사람들이 드문드문 어두운색의 수영복을 입고 등장하지만, 월말이 되면 어김없이 다들 탈피를 한 나비처럼 화려하게 변했다. 매일 다른 수영복을 입고 오는 사람들도 있었다. 어떤 사람은 수영복값으로만 한 달에 수십만 원을 썼다고 했다. 보는 눈이 화려해지니 나도 새로운 수영복을 입어볼까 고민하게 됐다. 수영장의 유일한 단점이라면, 돈에 대한 감각이 무뎌졌다. 내가 쓰고 있는 게 돈이 아니라 은우랑 했던 시장놀이 같았다. 나는 너무나 먼 기억까지 끌어와 수영장 안에서 보상받으려 했다. 방법이 너무 간단했다. 지갑을 열면 쉽게 행복 비스름한 것이 따라왔다. 새 수영복을 사려고 마음을 먹으니 이왕이면 조금 더 탄탄한 몸을 만들고 싶었다. 수영장의 원리가 어떤 것인지는 모르겠으나 혹시 바깥에서도 몸이 조금 얇아지면 안에서도 영향이 있을까 싶어 며칠간 냉장고를 열고 싶은 충동을 참으니까 또 참아졌다. 거의 냉장고 앞까지 걸어간 날도 있었는데 그날은 갑자기 다른 회원에게 바뀐 수영복이 예쁘다고 칭찬하던 재현의 얼굴이 떠올랐다. 그리고 거짓말처럼 냉장고 문에서 손이 멀어졌다.

"수영장 사람들은 좀 어때?"

수영장에서 만나고 어울리는 사람들은 다양했다. 그리고 나는 여전히 의식적으로 윤주와 정환이에게 수영장에서 벌어지는 일에 대해서는 제대로 이야기한 적이 없었다. 마치 예전에 윤주가 학교에 돌아왔을 때, 오늘 학교에서 무슨 일이 있었냐고 물었던 것처럼 윤주는 이따금 내게 수영장에 관해 물었다. 윤주는 그때마다 내게 별일이 없다고 대답했었고 나는 이제야 그 대답이 이해가 갔다.

"다들 좋아."

"엄마가 이렇게 오래 다닐 줄 몰랐어. 사람이 좋은 거야, 수영이 좋은 거야."

대답 없는 내 어깨를 윤주가 장난스레 툭 밀며 물었다. 마음에 드는 사람은 없어? 평소 같았으면 그런 윤주의 질문에 어이없다는 듯 웃으며 손사래를 쳤을 거다. 그런데 오늘은 뭐가 문제였는지 내가 느껴도 많이 뒤틀린 것 같은 말이 튀어나왔다.

"너한테 나 책임지라고 안 해."

보글보글 끓어오르는 찌개로 따뜻했던 주방이 일순간에 차가워졌다. 윤주가 날카롭게 되물었다.

"갑자기 그런 얘기가 왜 나와?"

당연히 윤주는 나의 무료함을 위해서, 치열했던 과거와 달리 조금은 윤택해진 지금을 즐겨보라는 의미에서 저런 말을 건넨다는 걸 알았지만 가끔 내게는 그게 윤주의 부담처럼 느껴졌다. 시아버지의 연애를 눈에 띄게 기뻐하던 윤주가 가끔 떠올랐다. 생각해보면 윤주는 정환이를 소개하기 전까지 단 한 번도 만나는 남자들에 대해 이야기한 적이 없었다. 당시에는 윤주와 그런 이야기를 하지 않는 걸 이상하다고 여긴 적 없었다. 이제 와서 생각해보면 윤주는 내가 사랑에 관해 이야기할 여유가 없다는 걸 진작 알고 있었을지도 모른다. 그래서 지금 더 새로운 만남을 권유하는 거라는 생각이 들었다. 아마도 윤주의 눈에는 내가 본인보다 사랑에 무지한 인간이었겠지. 그게 안타까웠을지도 모른다. 언젠가 은우에게 내가 더이상 필요하지 않을 때가 되면 제자리로 돌아갈 생각을 가끔 한다. 사실 지레 겁을 먹은 거다. 제자리로 돌아가는 것뿐인데 마치 버려지는 기분일까봐. 오늘은 내가 성급했던 것을 인정해야 했다. 제대로 고장난 분위기를 무마시키려 나는 또 섣부른 농담을 건넸다.

"너 막상 내가 재혼한다고 하면 하지 말라고 할 거지?"

그리고 그 순간에 내 멋대로 재현의 얼굴을 떠올렸다. 재현이 나처럼 완벽하게 자유로운 싱글이길 바랐다. 윤주는 내 말을 듣더니 한껏 날카로워졌던 표정을 풀고 나를 빤히 쳐다봤다. 나는 그런 윤주에게 턱을 치켜들었다 내려놓으며 말을 이었다. 나 이 나이에 결혼하면 넌 국물도 없어. 내가 은우 볼 시간이 어디 있어. 언제 세상 떠날지 모르는데 뒤늦은 신혼 즐겨야지. 접시에 반찬을 옮겨 담으며 허세를 부리는 나를 향해 윤주는 헛웃음을 터트렸다. 내 입에서도 웃음이 터져나왔다. 아주 잠깐이고 순간이었지만 내가 한 생각이 너무 한심스럽고 터무니없었다.

*

아마 다른 사람이 내게 그런 이야기를 했으면 믿지 않았을지도 모른다. 영선 언니가 했다면 더더욱 장난으로 넘겼을 테다. 그러나 이상하게 복희가 하는 말에는 어떤 힘이 있었다. 나는 복희가 하는 사랑을 은근히 얕보면서도 복희가 하는 말은 믿고 싶어 했다.

지난주에는 강습을 이틀이나 빠졌다. 이례적인 일이었다. 정환이의 회사에서 리조트 숙박권을 받았는데 기한이 얼마 남지 않아 급히 사용해야 한다며 함께 가자고 했다. 나는 가봐야 딱히 즐길 만한 것도 없었지만 은근히 내게 은우를 맡기고서 둘이 시간을 보내고파 하는 두 사람의 속셈을 완전히 모르는 척하기 어려워 알겠다고 답했다. 고작 주말을 포함해 나흘 동안 수영장에 가지 않은 것뿐인데 굉장히 오랫동안 가지 않은 것 같았다. 다시 돌아온 수영장은 그대로였다. 재현은 여전히 수업에 들어가기 전에 다이빙을 하며 물에 들어왔고 수업이 시작되면 내 팔을 끌었다. 왜 이렇게 오랜만이냐고 묻는 말에 어색하게 웃어 보였다. 복희는 또 수업이 끝나자마자 2층으로 사라졌다.

오랜만에 삼례 언니, 영선 언니와 함께 시간을 보냈다. 가족들과 처음으로 해외여행을 다녀왔다는 삼례 언니의 이야기를 들으며 재밌었겠다고 맞장구를 치는데 영선 언니가 문득 손뼉을 치며 화제를 바꿨다. 우리 반 강사님 말이야. 지난주에 윤 씨랑 싸웠잖아. 영선 언니의 말에 삼례 언니도 생각이 났다는 듯 고개를 끄덕였다. 내가 자리를 비운 동안 재현이 내 뒤에 서 있는 해파리 중 한 명과 작은 다툼이 있었다. 해파리가 민원함에 쪽지를 넣었다고 했다. 여자 회원만 잘 봐준다는 내용의 민원을 전달받은 재현이 장난스레 자기가 언제 그랬냐며 능청을 떨었고 그 모습을 견디지 못한 회원 한 명이 사실이지 않냐며 목소리를 키웠다고. 영선 언니는 설명 끝에 그 사람의 불만이 솔직히 이해가 안 가는 건 아니라고 했다. 삼례도 한마디 덧붙였다. 뭐 그럴 수 있다 치는데 나는 사과하는 태도가 영 그렇더라고요. 윤 씨를 위아래로 훑어보면서 하나도 안 미안한 얼굴로 미안하대. 영선 언니는 삼례 언니의 말에 자기도 그렇게 느꼈다며 공감의 손뼉을 쳤다. 나는 그런 재현의 표정이 상상이 안 갔다.

"그리고 뭐라 그랬더라?"

"아, 그렇게 서운하면 말씀을 좀 하시지— 그랬잖아요."

"오, 맞아, 맞아. 그 정도는 이야기할 수 있는 건데 정색하고 얘기하니까 괜히 내가 눈치가 다 보이더라니까."

"윤 씨도 나중에는 귀가 빨개져서는 아무 말도 안 하더라고."

그렇게 어수선한 수업은 처음이었다고 했다. 나는 그때 복희의 생각이 궁금했다. 과연 복희도 재현을 그렇게 봤을지. 나는 겉으로는 고개를 끄덕이며 그럴 수도 있었겠다고 말했지만 사실 재현의 입장도 조금 억울했겠다고 생각했다. 가르치는 대로 배우지 않는 건 그들이었다. 재현의 말대로 봐달라고 이야기를 하면 되는 것인데 민원을 넣은 것도 조금 치사하게 느껴졌다. 무엇보다 정색하는 재현의 얼굴은 도무지 본 적이 없어 이야기가 과장이 된 건 아닐까 하고 나는 멋대로 사건을 축소했다. 그날 이후 내가 깨달은 것이 있다면, 어느새 재현과 내가 나란히 서 있다는 것이었다. 재현이 내 팔뚝을 만지고 아랫배를 받쳐주는 순간을 기다렸다. 오늘은 재현이 내 옆구리를 꼬집는 장난까지 쳤다. 매번 내게 물을 먹이거나 발목을 잡아당길 때마다 허우적거리기 바빴는데 오늘은 나도 모르게 피식 웃어버렸다. 그리고 그런 나를 보고 재현도 웃었다. 숨이 차도록 레인을 한 바퀴 돌고 와서 나는 충동적으로 복희의 어깨를 잡았다. 수업이 끝나고 얘기 좀 하고 싶다는 내 말에 복희가 잠깐 고민하는 듯하더니 고개를 끄덕였다.

복희와 수영장에서 단둘이 자리를 가진 건 처음이었다. 복희는 내가 어떤 말을 꺼내기도 전에 내가 왜 이런 자리를 가지자고 했는지 다 안다는 듯 먼저 말을 술술 꺼냈다. 나도 그런 곳이 있는 줄은 몰랐어. 그 사람이 데려간 거야. 그 사람 말로는 거기가 유일한 사각지대래. 복희는 내 대답을 기다릴 생각이 없는 듯 시간을 한번 확인하고는 계속해서 혼자 말했다. 난 요즘 매일 최선을 다해 살고 있어. 그래서 행복해. 너도 나 한심하게 생각하는 거 알아. 복희는 마치 나한테 완전히 들켜버린 게 기쁘다는 듯 말했다. 나는 여태 당연히 복희가 부끄러워하고 민망해해야 한다고 생각했는데 실제로 내가 생각한 감정들은 오로지 나만 느끼고 있었다. 처음에 복희와 복희의 애인을 보고 난 직후에도 그랬고 지금 복희의 말을 들은 순간에도 그랬다. 나는 결코 복희를 싫어한 적은 없었다. 그러나 한심하게 여기지 않았느냐고 물어본다면 할말은 없었다. 그럼 지금에서야 복희에게 대화하자고 자리를 마련한 나는, 윗입술과 아랫입술에 본드라도 발라놓은 것처럼 꼭 붙어 떨어지지 않았다. 복희는 그런 나를 보고 웃으며 끝까지 혼자만 이야기했다.

"너무 조급해하지 마. 걔가 너한테 공들이는 건 확실해. 너만 오래 만지잖아."

*

윤주는 나 때문에 수영에 대해 좋은 인식이 생긴 것 같았다. 2주 전부터 주말마다 은우를 키즈 전용 수영학원에 보내기 시작했다. 보통 정환이와 윤주가 함께 은우를 데리고 외출했다. 1주일에 한 번이지만 은우가 생각보다 물을 좋아한다며 조금 더 크고 나서는 아예 사설 수영장에 보내는 것도 나쁘지 않을 것 같다고 했다. 우리 은우 수영선수 되면 어떡하지? 오랜만에 보는 윤주의 호들갑에 나는 소리 내 웃었다. 수영선수 좋지. 멋있잖아. 세 사람이 수영장으로 떠나면 나도 수영장으로 떠났다. 주말에는 보통 연습보다는 사람들과 떠들고 노는 데 대부분의 시간을 보냈다. 그러다 어젯밤 윤주가 내 방문을 노크하고 들어왔다. 내일이 은우가 수영장에 가는 날인데 정환이가 갑자기 출근하게 되어 함께 가자는 말이었다. 은우 수영 끝나면 오랜만에 셋이 바람도 쐬고 오자. 꽤 들뜬 목소리로 나를 조르는 윤주의 목소리가 듣기 좋았다. 그럼 간 김에 수영복 구경도 좀 해야겠다. 윤주는 내게 수영복이 망가졌냐고 물었다. 아니, 그냥 좀 칙칙한 거 같아서. 문에 기대어 있던 윤주는 침대까지 걸어와 걸터앉고는 내 앞머리를 손가락으로 빗어내렸다.

"엄마는 수영장 가길 참 잘한 것 같아."

나는 윤주의 말을 듣고 혹시 무언가 들킨 건 아닌가 싶어 심장이 덜컹했다. 같이 살면 언젠가 붙잡히는 덜미. 나는 어색한 표정이 될까봐 편하게 웃지도 못했다. 잘 자. 내일 봐. 자리에서 일어나는 윤주에게 그저 고개만 끄덕였다.

그래도 간만에 윤주와 평평한 사이를 유지하며 집을 나섰다. 아기들이 다니는 수영장이라고 나도 모르게 만만하게 생각했는지 예상보다 규모가 컸다. 제법 수영장 같이 생긴 레인이 다섯 줄이나 있었다. 은우는 그 옆에 집에도 가득한 볼풀 공이 가득 담겨 있는 유아용 원형 풀 앞에 쪼그려앉았다. 부모들은 아이들이 수업 받는 걸 지켜볼 수 있도록 커다란 유리창 앞에 극장에서 영화를 보듯 자리를 채워 앉았다. 어린이집에서는 오후만 되면 악을 써가며 우느라 일찍 집에 돌아오는 은우가 튜브를 끼고는 방긋방긋 웃고 있는 게 신기하기만 했다. 윤주는 그런 은우의 얼굴을 핸드폰으로 최대한 당겨 사진을 찍었다. 한 번도 아니고 여러 번. 윤주만 그런 건 아니고 자리에 앉아 있는 대부분의 부모가 그랬다. 나는 그런 윤주의 핸드폰 화면을 보면서 수영모에 잔뜩 눌린 은우의 얼굴을 보고 웃었다. 그러다가 웃음이 멈춘 건 은우의 튜브를 뒤로 끄는 강사의 얼굴을 보고 나서였다. 순간 잘못 본 것 같아 눈을 길게 감았다가 떴다. 녹화되는 윤주의 핸드폰 화면 속에 담겨 있는 얼굴과 투명한 유리창 안에서 은우 튜브를 끌어주는 강사의 얼굴을 번갈아 쳐다봤다. 눈동자 위가 지끈거릴 정도로 시선이 오고 간 후에야 나는 은우와 얼굴을 마주보고 웃는 강사가 재현이라는 걸 인정했다. 믿을 수 없었지만, 그는 분명 재현이었다. 검은색 전신 슈트를 입었으나 손목에 살짝 삐져나온 동글동글한 비늘이 너무나 익숙했다. 무엇보다 윤주의 핸드폰을 가리키며 손바닥을 내보이고는 인사하듯 흔들며 은우와 함께 웃는 입매가 완벽히 재현이었다.

어떻게 재현이 여기에 있을 수 있지. 재현은 유리창에 비치는 주름진 내 모습과 달리 내가 수영장 안에서 본 모습 그대로였다. 젊고 화창했다. 수영장에서 매번 들어서자마자 벗는 은색 수모를 쓰고 있었고 열심히 발장구를 쳐 앞으로 나아가는 은우를 끌어당기는 팔 모양 또한 내가 많이 보던 것이었다. 충격에 빠진 채 윤주의 핸드폰 화면을 뚫어져라 쳐다보자 윤주는 내게 영상을 보내주겠다고 말했다. 확인하고 싶지 않지만 확인해야 했다. 윤주의 허벅지를 짚으며 그가 누구인지 물었다. 윤주 말로는 은색 수모는 보조 강사고 금색 수모가 담당 강사라고 했다. 그 말을 듣고 나니 원형 풀에 금색 수모를 쓴 사람은 한 명, 은색 수모를 쓴 인원은 다섯이나 되었다. 금색 수모가 과장되게 팔 동작을 하면 은색 수모들이 아이들 뒤에서 팔 동작을 따라

할 수 있게 도와줬다. 여기가 다른 곳보다 비싸. 보조 강사님들이 있어서. 어떻게 하다보니까 은우는 매주 저 강사님이랑 하는데 되게 잘해주더라고 고맙게. 나는 그뒤로 윤주가 그 수영장에 대해 얼마간 더 설명했지만 귀담아듣지 못했다. 물총으로 은우의 얼굴에 물을 쏘아대는 은색 수모의 손 모양이 너무 낯익은 것이었다.

*

 월요일이 돌아올 때까지 곰곰이 생각해봤다. 재현이 임시 강사 자리에 들어온 경위는 내게 중요하지 않았다. 어쨌든 나와는 달리 정말 젊은 재현에게 어느새부터인가 처치 곤란한 마음을 가지고 있다는 게 문제였다. 재현은 여느 때와 같이 은색 수모를 쓰고 등장했다. 그리고 나는 다른 날보다 재현의 수모를 유심히 살펴봤다. 은우의 수영장 가방에 박힌 로고와 똑같은 모양의 로고가 새겨진 수모를 확인했다. 순간 어지러운 느낌에 눈을 질끈 감았다. 아이의 튜브를 끌던 손이 다시 내 아랫배를 만져왔다. 이제는 물속에서 재현의 손바닥은 내 아랫배를 노골적으로 쓰다듬었다. 내가 지난 토요일에 그곳에 있던 재현을 발견하지 않았더라면 나는 지금, 이 순간을 여전히 즐기고 있었을까. 손바닥을 포개어 유선형 자세를 만들고 출발 신호를 기다렸다. 복희와의 거리가 꽤 멀어졌을 때 나는 몸을 물에 띄울 수 있었다. 팔을 두어 번 휘저었을 뿐인데 어김없이 재현에게 발목이 붙잡혔다. 몸을 더 띄워야 한다고 내 등허리를 손바닥으로 받치며 은근하게 엉덩이 위까지 타고 내려오는 손에 숨이 꼬였다. 힘없이 가라앉는 몸을 건져올린 재현이 나만 들리도록 주말에 뭐 했냐고 물었다. 나는 재현의 말에 답하기가 싫어 입을 꾹 다물고 실수인 척 발장구를 쳤다. 그러자 재현은 머쓱하게 웃으며 옥정님 살이 좀 빠지셨나 하고 맹랑한 소리를 해댔다. 눈으로 보고도 믿기지 않았다. 나와 달리 재현이 진짜 젊음을 가지고 있다는 것이.

재현이 벌써 임시 강사로 온 지 3개월이 되었고 수영장 사용 연장 신청 기간이 왔다. 이제는 소문을 듣고 멀리서 오는 사람들도 꽤 늘었다. 그래서 점점 신규 추첨이 어려워진다고 했다. 기존 회원들은 항상 재등록 기간 첫날에 줄을 서 연장 신청을 했다. 나도 그중 한 명이었다. 닷새나 여유가 있지만 왜인지 불안했다. 돌아서면 까먹는 나이다보니 생각났을 때 바로 움직이는 게 편했다. 씻고 나와서 길게 늘어선 줄을 향해 걷다가 발걸음이 멎었다. 내 시야에 보이는 사람은 전부 노인밖에 없었다. 직원들도 연장을 신청하려는 이들도 나와 비슷한 사람들뿐이었다. 이해할 수 없는 토기가 올라왔다. 메스꺼운 속을 달래보려 숨을 크게 들이마셨다가 뱉어냈다. 도무지 오늘은 느리게 줄어드는 줄을 기다릴 자신이 없어 집으로 향했다.

*

나는 서서히 재현에게서 멀어지고 있었다. 딱히 가까워지고 멀어질 만한 사이가 아니기에 그런 표현을 쓰는 것도 웃겼지만 어쨌든 재현과 나 사이에는 거리가 벌어지고 있었다. 신기하게 재현도 그걸 느낀 건지 예전처럼 눈을 맞추면 맥락 없이 웃는다거나 내게 물총을 쏘는 일이 줄어들었다. 복희와는 여전히 서먹했다. 복희는 아닐 수도 있지만 나는 그랬다. 한 달의 마지막 날. 이전에 받았던 공지로는 재현이 임시 강사로 있는 날도 오늘이 마지막이었다. 재현은 회원들을 향해 꼭 다시 만나고 싶다는 말을 끝으로 수업을 마쳤다. 복희는 오랜만에 내게 말을 걸었다. 더는 재현을 보지 못하는 게 아쉽지 않냐며 나를 떠봤고 나는 아무 말도 하지 않았다.

하필 삼례 언니와 영선 언니가 자리를 비운 날이었다. 레인을 한 바퀴 돌 때마다 속이 울렁거려 오늘은 일찍 집에 들어갈 셈이었다. 수업이 끝나자마자 샤워실로 향하는데 누군가 내 앞을 막아섰다. 정말 아니길 바랐지만, 재현이었다.

"옥정님, 잠깐 이야기 좀 할 수 있을까요."

나는 몸이 안 좋다는 말과 함께 자리를 피하고 싶었지만 나를 바라보는 재현의 시선이 여태 눈을 맞췄던 이래로 가장 예의 있어 보여 거절하기가 어려웠다. 복희 말대로 이렇게 재현을 마주하는 날이 오늘이 마지막일지도 모른다. 재현은 나를 구석진 곳으로 데려갔다. 2층 복도의 사각지대는 아니었지만, 보통의 회원들이 들어갈 수 있는 구역도 아니었다. 강사 휴게실 옆 복도. 보통 강사들은 휴게실보다는 안전요원이 앉아 있는 벤치 옆에 모여 이야기를 나누기 때문에 지금 나와 재현이 마주보고 선 공간에 오가는 사람이 없었다. 불과 1주일 전만 해도 나는 이 시간을 기다렸는지도 모른다. 그러나 지금은 벽을 뚫고서라도 도망가고 싶은 마음뿐이었다. 내 뒤를 슬쩍 바라보며 눈치를 살피는 재현이 꼴 보기 싫었다. 저 입에서 어떤 말이 나올지 모르지만 나는 나와는 터무니없는 세월의 차이를 가졌다는 이유만으로 재현을 미워하게 된 것 같았다.

어색한 웃음과 함께 입을 연 재현은 내게 한 발짝 다가섰다. 주먹 두 개가 놓일 정도로 가까이 선 재현이 조심스레 운을 뗐다.

"사실 제가 정규 강사에 지원했거든요."

나는 엄연히 물 밖에 있었지만, 재현이 하는 말들이 물속에서 들었던 것처럼 귓가에서 탁하게 울렸다. 드문드문 들리는 단어들을 조합해보면 자신을 칭찬하는 내용이 담긴 민원을 넣어줬으면 좋겠다는 말이었다.

재현은 자신은 열심히 했는데 생각보다 소극적인 회원들이 많았다며 아쉬움을 표했다. 내가 아무 반응 없이 말들을 가만히 듣고만 있자 재현은 그런 내 모습에서 어떤 가능성을 느꼈는지 시원하게 입꼬리를 올리며 한 발짝 더 다가왔다.

"저 오후반 정식 강사 되면, 옥정님도 그 시간으로 옮기세요."

나는 그때 영선 언니와 삼례 언니가 재현을 흉봤을 때 속으로 재현을 감싸던 자신이 웃겨 그만 웃어버렸다. 그런 내 얼굴을 보고 이번에는 내 팔꿈치를 물속에서처럼 지그시 붙든 재현의 손을 보고 있자니 몸에 오소소 소름이 돋았다. 매일 지나다니는 로비에는 지금 우리가 쓰고 있는 이 시간대는 실버클래스로만 운영된다고 적혀 있다. 재현은 매일같이 수영장에 죽치고 있는 사람들을 보고도 전혀 이상하다고 느끼지 못할 정도로 둔한 인간이거나 아마 그런 눈치를 가지지 못할 정도로 삶이 매우 급한 청춘일지도 모른다. 나는 일렁이는 식도를 최대한 붙잡고서 재현을 불렀다.

"강사님."

"네?"

"뭔가 이상하지 않아요?"

"…… 뭐가요?"

재현의 얼굴을 이만큼이나 가까이서 본 적 없었다. 마음이라는 것이 이렇게 한순간에 차가워지고 딱딱해질 수 있는 것인지 칠십 평생 몰랐다. 아주 빠른 속도로 재현이 내게 관심이 있는 것 같다는 말을 던진 복희까지 미워지기 시작했다. 아무것도 모르는 얼굴로 되묻는 재현의 얼굴을 보고 있자니 발바닥에 온 힘이 쏠려 아래로 휘어진 다이빙대 위에서 한 발로 버티는 것 같은 느낌이 들었다. 심장은 폐부를 꽉 채울 만큼 커졌다가 곧 주먹만큼 작아지는 수축의 반복을 일으켰다. 나는 다이빙대에 무한히 올라섰다. 누군가 등을 떠밀어 미끄러지듯 아래로 빠르게 곤두박질쳤다. 원하지도 않는데 자꾸 나를 그 위에 올려두었다. 호남이라고 느껴졌던 미소가 순식간에 음흉하게 보였다. 기분 나쁘게 옆으로 찢어진 입가가 더욱 길게 늘어져 어깨부터 목뒤까지 불쾌하게 간지럽혔다. 근래 들어 한껏 좁혀진 세상이 내가 만든 것이라는 걸 인정하고 싶지 않았다. 모든 책임을 복희와 재현에게 돌리고 싶었다. 가슴 주변이 톡 쏘는 게 너무 아렸다. 재현은 눈치도 없이 다시 한번 내 등뒤를 살피고서 허리를 감싸왔다.

"그런데요 옥정님, 인스타 아이디 있어요?"

재현이 하는 말을 못 알아들었지만 애초에 제대로 알아들을 생각이 없었다. 재현이 뱉은 문장 끝에 물음표가 생기기도 전에 그만 몸이 앞으로 쏟아졌다. 나는 당신을 평가할 수 있는 사람이라는 걸 보여주며 고개를 더 빳빳이 쳐들고 싶었는데 밑에서부터 올라오는 토기에 몸이 너무 형편없이 앞으로 고꾸라졌다.

"우욱—."

코앞까지 다가온 재현은 내가 하는 헛구역질 한 번에 두 발치 멀어졌다. 반 박자 뒤에 내게 괜찮냐고 물어오는 물음에 한 번 더 속이 뒤집혔다.

"우욱—."

"오늘 운동이 너무 힘들었나봐요. 어떡하지."

애써 당황하지 않은 척하려는 재현을 두고 나는 뒤를 돌았다. 그 바보 같은 복도에서 도망치기에 적절한 타이밍이라고 생각했다. 짧은 복도를 지나는 와중에 재현은 이제 사람들 눈을 피해 나를 그곳에 데려간 체면 따위는 중요하지 않다는 듯 등뒤에 대고 소리쳤다.

"오늘까지 꼭 적어주셔야 해요!"

나는 도망치듯 샤워실로 향했다. 가방을 챙기는 것도 잊고 무턱대고 샤워실 문을 열어젖혔다. 차가운 물을 틀고서 온몸으로 맞았다. 정신을 차려보려 했는데 계속해서 속이 울렁거렸다. 입을 벌려 찬물을 잔뜩 마셨는데도 속이 가라앉을 생각을 안 했다. 결국 차가운 타일에 등을 대고 아래로 서서히 미끄러져 주저앉았다. 우욱— 우욱— 토사물이 목구멍을 타고 올라오진 않았지만 짧은 헛구역질이 멈추지 않았다. 눈을 감으면 귓가에서 사이렌 소리가 들렸다. 또 누가 쓰러졌나 보다. 등과 뒤통수가 뭉툭한 플라스틱에 배기는 느낌이 났다. 오늘까지라고 소리치던 목소리와 사이렌 소리가 섞였다. 내가 주저앉은 샤워실 문을 누군가 열 때까지 헛구역질과 헛웃음을 번갈아 해댔다. 그 와중에도 나는 문을 연 사람이 절대 복희가 아니길 바랐다.

작가의 말

 이 페이지까지 오셨다면 진심으로 감사드립니다. 이 책을 곁에 두신 동안 부디 즐거우셨기를 바랍니다. '브랜뉴 스위밍클럽'은 늘 곁에 있을 줄 알았던 할아버지가 떠나신 뒤, 삶을 되돌아보며 탄생한 상상의 공간입니다.

 지금 내가 좋아하는 것들을 과연 몇 살까지 좋아할 수 있을지 궁금했습니다. 70세가 되어도 우즈(WOODZ)의 음악을 듣고, 그의 콘서트에서 오늘이 마지막인 것처럼 방방 뛸 수 있을까? 좋아하는 영화 굿즈를 모아 방 한

편에 진열하며 기뻐할 수 있을까? 그때까지 살아남을 수는 있을까? 기지 같은 것은 왜 가장 필요한 시기에 가지고 있지 않고, 삶을 소진해야만 얻을 수 있는 걸까? 그렇다면 그 모든 것을 얻은 뒤의 삶은 오직 순수한 재미만 남는 걸까?

물음표만 가득한 정답 없는 문제집 같은 삶 속에서, 어떻게 하면 나를 더 단단히 세울 수 있을지 고민합니다. 시간이 흐를수록 책임은 줄어들지 않고, 늘어가기만 합니다. 원하는 것을 얻기 위해 오늘은 어제보다 더 많은 시간을 지불해야 하는 것 같아 억울한 순간도 생깁니다. 잠시 멈출 수는 있어도 완전히 놓아버리는 것에는 큰 결심이 필요합니다. 아직 완벽한 답은 찾지 못했지만, 다행히 제멋대로 만들어낸 수영장에서 헤엄치며 그 과정을 조금은 즐기게 되었습니다.

삼례처럼 배움을 게을리하지 않고, 강일처럼 언제라도 좋아하는 일을 찾아 새로운 시작을 서슴지 않고 도전할 수 있는 용기가 있었으면 합니다. 옥정이처럼 끊임없이 무언가를 사랑할 수 있는 삶을 살고 싶습니다. 살아온 시간의 두 배가 흐른 뒤에도, 좋아하는 수영복 브랜드를 말할 수 있고, '브랜뉴 스위밍클럽'이 아니더라도 물이 있는 곳이라면 어디서든 자유롭게 헤엄치는 할머니가 되기를 꿈꾸게 되었습니다. 이 책을 읽으신 독자님들의 실버클래스는 어떤 모습일지 궁금합니다.

올여름은 유독 더웠습니다. 끝나지 않을 것 같던 무더위처럼, 이 책을 만드는 일도 영영 끝나지 않을 것 같았습니다. 이 소설을 완성하지 못해 출판사와의 약속을 어겨 미안하다며 울면서 사과하는 꿈을 여러 번 꾸었습니다. 이 짧은 소설들을 쓰며 배운 건, 모든 일은 혼자 해낼 수 없지만 동시에 또 혼자 해내야 한다는 사실이었습니다. 무한한 시간이 주어져도 완성하지 못하는 일이 있으며, 그렇기에 유한한 시간이 더욱 의미 있다는 것을 몸소 깨달았습니다. 인생에서 가장 뜨겁고 외로운 여름을 보낼 수 있도록 기회를 주신 경기콘텐츠진흥원과 교유당 출판사에 감사드립니다. 이 책이 완성될 수 있도록 세심하게 챙겨주신 편집자님들과 영

원히 오지 않을 것 같던 마감을 향해 제 손을 잡고 끌어주신 이은선 작가님께 깊이 감사드립니다. 답답할 때마다 도망쳤던 곳에서 만난 소중한 인연들, 무조건적인 응원과 격려를 보내준 친구들, 제가 하는 일이라면 늘 사랑으로 믿고 기다려준 가족들에게도 진심으로 고맙습니다.

망망대해 저 깊은 우주에서 나를 기다리고 있을 할아버지들, 그리고 여전히 많은 것을 주시기만 하는 할머니들께 이 책을 바칩니다.

2025년, 또다른 출발선에서
장상미 올림

브랜뉴 스위밍클럽

초판 1쇄 인쇄 2025년 11월 3일
초판 1쇄 발행 2025년 11월 13일

지은이 장상미

편집 이경숙 정소리 | 디자인 윤종윤 이주영
마케팅 김다정 박재원 | 저작권 박지영 형소진 주은수 오서영 조경은
브랜딩 함유지 김은솔 박민재 이송이 박다솔 조다현 김하연 이준희 복다은
제작 강신은 김동욱 이순호 | 제작처 한영문화사

펴낸곳 (주)교유당 | 펴낸이 신정민
출판등록 2019년 5월 24일 제406-2019-000052호

주소 10881 경기도 파주시 회동길 210
문의전화 031.955.8891(마케팅) | 031.955.2692(편집) | 031.955.8855(팩스)
전자우편 gyoyudang@munhak.com

홈페이지 www.gyoyudang.com
인스타그램 @thinkgoods | 트위터 @think_paper | 페이스북 @thinkgoods

ISBN 979-11-24128-02-2 03810

* 싱긋은 (주)교유당의 교양 브랜드입니다.
  이 책의 판권은 지은이와 (주)교유당에 있습니다.
  이 책 내용의 전부 또는 일부를 재사용하려면 반드시 양측의 서면 동의를 받아야 합니다.

이 책은 경기히든작가 선정작으로 경기도와 경기콘텐츠진흥원의 지원을 받았습니다.